编 委 会

2024年度储吉旺文学奖获奖作品集

《文学港》杂志社 编

宁波出版社
NINGBO PUBLISHING HOUSE

目　录

2024年度储吉旺文学奖·评委会特别奖

万物笔迹 …………………………… 鲍尔吉·原野 / 3

2024年度储吉旺文学奖

十里塘 …………………………………… 畀　愚 / 35
花相似（组诗） ……………………………… 蒋立波 / 66

2024年度储吉旺文学奖·优秀作品奖

军垦往事 …………………………………… 谢志强 / 89
故乡与墓碑（组诗） ………………………… 王单单 / 126
办公室的下午 ………………………………… 郭　靖 / 144
11号病房 …………………………………… 蒋　在 / 168
夜饭花 ……………………………………… 王啸峰 / 242

2024年度储吉旺文学奖·评委会特别奖

万物笔迹

鲍尔吉·原野

芦苇给黄羊的信

亲爱的黄羊，我真羡慕你能跑来跑去，我站在乌力吉木伦河岸好多年了，连一寸都不能往前移动，但我发现，你们动物的苦恼是需要不断吃东西。动物的嘴很大，嘴里有牙。为什么呢？他们要吃东西。生活的艰难就在这里。他们吃的东西不让他们吃，反过来还想吃他们。狼想吃狐狸，狐狸也想吃狼，殊死搏斗。天哪，动物们在万度苏草原为了自己那张大嘴和密密麻麻的牙而搏斗，而躲藏，而奔跑，所以我不羡慕你们了。作为一株芦苇，我什么也不用吃。阳光照在我身上就是我的食物。我没有嘴，也没有牙。我想过，芦苇长嘴会很难看，再说我不能行走觅食。老天爷把动物和植物的生存安排得十分合理。我觉得老天爷做什么事情都很用心，你说呢？

亲爱的黄羊，虽然你也有嘴，但你的嘴不像狼嘴那么难看。食草动物的嘴都不太难看，他们不打算张嘴咬别人的脖子，嘴不需要太大。我写这封信不想提嘴的事。我有一个奇遇，想告诉别人又怕他们传出去。我心里憋得难受，想来想去跟你说最妥当。你性情温和，不传话。而且你脑子愚钝，有可能看不懂我这封信的内容，那就更好了，不会传播出去。

我要说的事情是这样的：你记不记得昨天晚上的月亮圆了，在天上像一个黄铜盘子？我在杜香灌木边上听到窸窸窣窣的声音，青草叶子在晃动。你猜我看到了什么？

黄鼬。没错，他又叫黄鼠狼、黄皮子。领头的黄鼬嘴里叼着一朵银莲花，跟在他后面的黄鼬叼一朵马鞭草的蓝花，再后面的黄鼬有的叼山茱萸的黄花，有的叼小叶蔷薇的粉花。我很佩服那只用嘴叼小叶蔷薇的黄鼬，花枝有刺，但他不怕。这队黄鼬排成一队，东张西望，唰唰地往前走。我不说你也知道，黄鼬身体很长，超过了他所需要的长度。他的脖子长，便于东张西望，但是腿短，好像被截断过两次。他们叼着这些花去哪里呢？我随着风势转过身，看他们去哪里。你猜，我看到了什么？前面那只黄鼬停了下来，他走到一棵老落叶松前面站了起来，显得比杜香灌木还高，用两只爪子举起了银莲花。那棵落叶松的年龄超过了三百岁。所有黄鼬都停下脚步，围着落叶松站立，形成一个半圆。我差点笑出声来，如果你看到当时的情景就好了。他们搞什么啊？这些黄鼬站起来围成一个半圆，像一圈栅栏。他们瞪着懵懂无知的眼睛，把手里的花放在胸前。我要告诉你，黄鼬站起来，腿并不显得很短。他们静默无语，风吹着落叶在地上跑，发出沙沙的响动。领头的黄鼬终于说话了，他声音沙哑，好像在贿赂什么人。他说，伟大的祖先啊！所有黄鼬一起说，伟大的祖先！领头的黄鼬说，我知道你住在这棵落叶松的身体里。这群黄鼬一起说，我们都知道！领头的黄鼬说，我们来祭祀你，为你唱歌。天上的月亮看着我们，乌力吉木伦河为我们的歌声伴奏，我先唱一首歌。这时，领头的黄鼬身体像弹簧一样往上拔了一截，明显比其他黄鼬高很多。他用尖细的嗓子唱：神圣的祖先啊，祖先。我们没见过你，但你知道我们。请收下这些花吧，花上沾着皎洁的月光。他把洁白的银莲花放在落叶松下面的泥土上，其他黄鼬也把花摆在地上。黄鼬头子又唱：收下吧，这是我们想象中的兔肉，献给你！其他黄鼬喊：吃吧！黄鼬头子唱：我们把想象中的大马哈鱼献给你，收下吧！这群黄鼬喊：吃鱼吧！黄鼬头子转身训斥他们：别插嘴。他又唱：我们把六条腿的青蛙献给你，把四条腿的灰伯劳鸟献给你。我疑惑，世界上有六条腿的青蛙和四条腿的灰伯劳鸟吗？没有。他接着唱：祖呀么祖啊先，需要什么尽管说，我们献上来。黄鼬头子唱完，前肢落地，舔舔嘴巴说：我唱完了，你们唱吧！叼山茱萸黄花的黄鼬说：我先唱。我饿啊，祖先，我的肚子咕咕叫。黄鼬头子飞起后腿，侧踹在他脸上，说：不许提饿的事，我也饿，现在祭祀呢！第三只黄鼬唱：伟大的祖先，你藏在树里吗？钻出来，让我们瞧瞧吧！黄鼬头子用另一条后腿踹他，说：祖先从树里出来就不灵了。第四只黄鼬唱：强大的祖先啊，请保佑我们。见到邪恶的狐狸、狗獾、野猪，你对着他们的眼睛放屁，熏死他们。祖先啊，像马鞭草花一样美丽的祖先，你像鲤鱼一样活泼。俊俏的祖先，你像岩石一样不会损坏。黄鼬头子说：你唱得很好，你是聪明的黄鼬。第五只黄鼬唱：了不起的祖先，你住在落叶松树里要当心，啄木鸟敲门别开门。黄鼬头子打断说：祖先英勇无敌，不需要你提醒。第六只、第七只、第八只黄鼬，我也数不过来了。所有的黄鼬都唱了一首歌献给他们的祖先。后来，他们趴在地上向祖先叩首，尾巴翘得很高。黄鼬头子说：亲爱的祖先，我们要跳舞，把美丽的舞姿献给你。他们跳得很搞笑。两只黄鼬一组，站起身，用爪子拉着对方的爪子转圈，停下换一只爪子转圈。接下来，所有黄鼬排成一队，队尾的黄鼬从其他黄鼬头顶跃过，嗖嗖嗖，全体跃了一遍。黄鼬头子说：尊敬的祖先，祭祀到此结束，祝你在落叶松里工作顺利、生活幸福。他把爪子塞进嘴里，“吱”地吹一声哨，这群黄鼬向东西南北飞蹿，没影了。亲爱的黄羊，这个场面非常壮观，比较震撼。黄鼬祭祀完了，他们的祖先会保佑他们吗？怎么保佑？如果你愿意，你也去那棵落叶松前祭祀一下黄鼬的祖先。但不要忘记带一朵花，黄鼬的祖先也会保佑你。

亲爱的黄羊，这件事你别告诉别人。黄鼬做所有事都很神秘。如果你说出去，别人知道了他们祭祀的事，黄鼬会报复我的。你知道他们会怎么报复吗？说起来很可怕，我曾亲眼看见一只黄鼬对着一只松鼠的脸放屁，那只松鼠昏倒在地，疯狂抽搐，翻白眼，死掉了。有一棵杜鹃只是稍微刮了黄鼬一下，黄鼬放屁把杜鹃熏成了黑色，像火烧过一样，杜鹃也死掉了。这实在是太可怕了，况且从今以后，他们有祖先保佑，屁的毒性会比以前更大，你千万别把这件事说出去！爱你的芦苇。

黄羊给芦苇的回信

亲爱的芦苇，谢谢你把这么离奇的事告诉我。我知道狼会跑，黄羊会跑，兔子、松鼠、猞猁都会跑，金雕、游隼、灰伯劳和大杜鹃会飞，但我不知道黄鼠狼会祭祀。听你这么说，他们一定不是寻常的动物。我听斑鸠说过，人怕黄鼠狼。这就奇怪了。人怕狼，因为他们打不过狼，狼会把他们吃掉。黄鼠狼那么小，他们为什么害怕呢？我听说，人如果谩骂黄鼠狼，这个人会嘴吐白沫。我猜想是黄鼠狼对这个人实施了法术。我特别赞成黄鼠狼会法术，我还盼望黄鼠狼把法术教给我，我要教给兔子、松鼠，教给一切动物，联合起来对付打猎的人、砍伐树木的人、在草原挖发菜的人，尤其是用陷阱套梅花鹿的人。人害怕狼和黄鼠狼，对咱们来说是好事，咱们快学习黄鼠狼的法术吧！

斑鸠给我讲过一个故事，说黄鼠狼掌握了法术要修炼。他钻进一棵快成精的老榆树的树洞里念经。念来念去，老榆树的精钻进他的思想里，他就成了精。黄鼠狼的思想很特别。成精之后，他有很多美好的选择，可以变成天鹅、变成金雕、变成山上的岩石、变成蜜蜂。可是，他偏偏变成了人，这太离奇了。于是，他躲在有人路过的地方。一个人走过来，他突然站起来说，你看我像人吗？这个人吓了一跳，说不像，然后跑了。黄鼠狼开始恨这个人，因为这个人说他不像人，破坏了他变成人的善果。这个人如果说，你像人。黄鼠狼就变成了人。可是黄鼠狼不像人啊，他那么长的身子，那么短的腿，那么白的嘴巴，怎么能像人呢？所以黄鼠狼对不承认他像人的人下祟，钻进他的思想里，让他上吐下泻。你问祟是什么？我也没见过，估计它跟黄鼠狼放的屁是同一种东西。

亲爱的芦苇，你要记住一件事，如果黄鼠狼问你，你就连连点头，说他太像人了，就不会中祟。黄鼠狼还有一个能力，他能钻入特别细的洞穴。假如博格达山脚下有一个洞，洞口很小，松鼠勉强能塞进一只爪子。这么细的洞口，黄鼠狼也能钻进去。至于钻进这个洞，他在里面见到了什么，我就不知道了。假如这个洞里有一条蛇，蛇难道不咬黄鼠狼吗？那么细的洞，黄鼠狼能退着出来吗？我什么洞都不愿意钻，洞穴潮湿，在里面待着没意思。

亲爱的芦苇，在植物中，你特别像舞蹈演员。青草个头太矮，松树个头太高，只有你个头正好。微风吹来，你舞来舞去，姿态妙曼。我最喜欢你秋天的样子。你脱去绿色的夏装，换上白金色的秋衣最漂亮。你头顶的穗子在风里微微摇摆，那样子非常迷人。风吹来，你静悄悄地搓手，沙沙响。你转过头就看到了乌力吉木伦河，它多么清澈，豆雁游过来，像一朵褐色的大蘑菇。

还有一件事，博格达山南坡的草地上有一片蔓越橘果，可惜你没有嘴，尝不到它的甜美。我想起一个办法，我到那棵有三百年树龄的落叶松前唱歌跳舞，祭祀黄鼠狼的祖先，请他把你变成黄羊，你愿意吗？变成了黄羊，你可以跟我们在博格达山的山坡上吃桦树的嫩叶，吃蔓越橘果，吃醋栗。我们登到博格达山顶上看日出。日出太漂亮了，鲜红的太阳从东边升起来，山谷里的白雾缓缓流动，松林里的小鸟齐声歌唱。这多有意思啊！咱们就这么说定了，我去祭祀，给黄鼠狼的祖先献上栗色的杓兰花、白色的杜鹃花，然后尥蹶子跳舞，让他把你变成一只黄羊。你在这里等着哟，很快你就变成黄羊了，哈哈哈！爱你的黄羊。

公保扎布的枕头给从窗玻璃上滑下的雨水的信

亲爱的雨水，我注视你很久了，我是公保扎布的枕头。这家里一共有五个枕头，我是大枕头，归公保扎布枕。我身上没有花，蓝粗布里面装着荞麦皮。二枕头是公保扎布的老婆额尔敦其其格的，绿底红花，里面装着山杏核。三枕头没人枕了，它是公保扎布的儿子查干宝力格的枕头。

查干宝力格考上了通辽的大学，买了一个蓬胶棉的枕头。四枕头是爷爷关其格的枕头，方形，像一段铁路枕木，里面也装荞麦皮。五枕头是给客人准备的，粉底黄花，松松垮垮，边上带蕾丝，像饺子边一样。

亲爱的雨水，我给你写信是因为不知道你是谁。我刚要看你，你便从窗玻璃上滑下，落在窗台上。我看不清你的面孔。密密麻麻的雨水从玻璃上滑下，好像想往上爬却掉了下来，是玻璃太滑了吧？我躺在被垛最高的地方，从侧面俯瞰你。你们是谁？来这里做什么？我觉得你们是水，透明，流动，可以渗到土里。你们可能是圆圆的水珠，在窗玻璃上拉成长长的留痕，然后消失了。新的雨滴冲过来，踩着你们的脚印滑落，又消失了。我再问一次刚才那个问题，你们想干什么？

我见过的水都是安静的。你看，公保扎布家的箱子边上有一个钢筋焊的脸盆架，一米高。高处搭毛巾，中间的圆圈放洗脸盆，盆里永远盛着水。早晨的水清澈，随着公保扎布洗完脸，额尔敦其其格洗完脸，查干宝力格洗完脸，关其格爷爷洗完脸，水浑浊了，仍然安静，它并不变成水滴在盆壁上滑行。后来，公保扎布把盆里的水泼到院子里。啪——那是洗脸水落地的声音。白底带两只红鸳鸯的搪瓷洗脸盆重新倒入透明的新水。这水默不作声地待在洗脸盆里，等待公保扎布、额尔敦其其格、查干宝力格和关其格爷爷污黑的手伸进来搓洗，然后被倒掉。茶碗里的水也安静，它们换上深红色透明的衣服，等待钻进人的胃里。公保扎布红茶放得多，颜色深。酒也是水，它们暗中藏着火。公保扎布把一根燃烧的火柴放进盛白酒的小酒盅里，腾地一下，酒盅冒出三寸高的蓝色火焰，嗞嗞响。它渐渐变红，弯曲的黑色残骸还在燃烧，最后也熄灭了。燃烧过的白酒里只剩下水，这些水疲惫不堪，没什么精神了。酒里有神灵，遇到明火，潜伏在酒里的火跑出来燃烧。燃烧就是奔跑，所以火焰的边缘哆哆嗦嗦，这是它们在奔跑。最后，它们跑到了哪里？别问我，我不知道这是怎么回事。

实事求是地说,我不懂的事情有很多,所以才给你写信。

亲爱的雨水,你从哪里来?公保扎布说,你从天上来。别闹了,天上一无所有,这件事谁都骗不了我。我亲眼看到一片树叶在天上飞,最终落了下来。燕子在天上飞,也要落下来。有一天,邻居巴拉珠尔和他老婆萨仁高娃吵架,把装着草场证、林权证、“二五”普法证和退伍军人证的人造革皮包扔到天上。这些证会像云彩一样在天上飞吗?不到三秒钟,人造革皮包落在了草地的牛屎上。所以,天空是空的,什么都没有。既然如此,为什么会有雨水冲下来呢?如果你们不是从天上下来的,为什么从上边往下流呢?我因为思考这些事,荞麦皮变得滚烫。这是思虑过度的结果。等荞麦皮稍微凉一凉,我再继续思考。

关其格爷爷说,世界上最多的水在乌力吉木伦河里。这条河离我们很远。你们是乌力吉木伦河里的水吗?是不是有一颗星星落到河里,河水溅到公保扎布南窗户的玻璃上？玻璃上的水一直往下流，流了一上午？是不是星星一颗接一颗地落进河里，把河水溅到这边来？

我觉得水应该在地上慢慢流，流过的土地变成深黄色，周围的土地仍然像沙子那样发白。小孩往地上撒尿就出现这样的情景。可是，你们为什么在玻璃上爬？我盯住每一颗水珠看，不到一秒钟，这颗水珠就流下去了，因此看不清它们的脸，不知它们长什么样子。后面在玻璃上爬的水珠有点像前面的水珠，又不太一样，然后也消失了。这些消失的水珠落在窗台上，然后呢？它们去了一个地方。它们去了哪个地方？是钻进窗台上的蚂蚁洞吗？还是流进土坯墙里？对不起，我的荞麦皮开始发烫，我不能继续思考了。如果你愿意，请回答我的问题。不回答也没有关系，我不会怪罪你。亲爱的雨滴，祝你生活幸福！爱你的枕头。

从窗玻璃上滑下的雨水给公保扎布的枕头的回信

亲爱的枕头，收到你的来信很高兴。实话说，我分不清你是哪个枕头，这些枕头都黑黢黢的，样子差不多。像你信中说的，我刚刚降落到玻璃上就身不由己地滑落，什么也没有看清。公保扎布家炕上铺着一块黄东西，也许是地板革，也可能是炕席。上面摆两个枕头，我不知道哪个是你。你说你躺在被垛上，被垛在炕东面还是西面？收到你的来信，我感到很荣幸，不管你是哪个枕头。

我介绍一下自己，我是雨水。其实，我只是水而已。这一刻，我作为雨滴从天空滑下。我是雨的一部分，但仍然是水。你说天上一无所有，举了树叶、燕子和人造革皮包的例子。很遗憾，天空中有很多东西。天上有太阳，这是世界上最可庆幸的大事。太阳和毛驴、蚂蚱、树叶的区别是什么？他每天从东方升起，在西方降落，为地球上的每一个角落输送热量。你看到的白天其实是被太阳照亮的地球，太阳落下去后，整个地球都是黑暗的。换句话说，地球原本是黑暗的，太阳升上来，万物才看清彼此的面目。你借着太阳的光线才知道谁是公保扎布，谁是额尔敦其其格，谁是关其格爷爷。因为太阳，你看清了毛驴的样子、挂在外屋墙上的镰刀的样子、青草和蚂蚁的样子。太阳让我们看清了一切，他最大的恩典是给地球带来了热量。树木接收到阳光才生长，并在身体里储存阳光的能量。树木死去后被埋进土里，过了几十万年，它的化石作为煤炭进行燃烧，释放的热量仍然是它储备的太阳的能量。厉害吧？太阳让玉米成熟，麦子、辣椒、豆角都跟着成熟。太阳让坚冰融化，河水流向四方，灌溉大地。天上还有月亮。月亮并不是太阳的孪生兄弟，也不是挂在树梢上的黄气球。他和太阳一样，是在宇宙中运转的星球。但月亮的光线比太阳弱，它照下来，让我们看上去有点像白纸做的工艺品。绿色的植物在月光下变成黑色，原本黑色的山峰仍然是黑色。月亮要等太阳落下去才会升上来。它既不照亮，又不输送热量，升上来做什么，我不是太清楚。有人说，月亮跟河水的流动有关系，跟大海的潮汐也有关系。我觉得，有没有关系都没关系，天空那么大，多一个月亮没什么。尽管他不能让作物生长，也不能让坚冰融化，金黄的月亮像一个大铜盘，很好玩。还有，土拨鼠在洒满月光的草原上行走时沙沙响，他踩到了月光。月夜，一颗小石子从博格达山顶滚下来，滚进乌力吉木伦河，发出的声音比白天大。小石子身上沾满了月光，体积大了一倍，像雪球一样。

天空中还有什么？对，有云彩。你看过云彩吗？云彩有白云、乌云和红云，清晨与傍晚还有金色的云，又叫彩霞。云虽然长得像棉花糖，但并不能吃。如果你站在天上往下看白云，草原是白色的，像沙漠一样。天空中总不能什么也不生长吧，所以长出好多云彩，一年四季，层出不穷。

亲爱的枕头，说到这里，你应该明白了，天空中有很多东西，多得不得了。我还没说到星星，问题是，我要是把每颗星星都说一遍，需要一年的时间。因为，天上有那么多颗星星。我们接着说云彩吧，因为我和云彩有关系。你知道，天空中的冷空气和暖湿气流相遇，云彩就拉稀，把云里的水倾泻到大地上。换句话说，天空中的云彩不需要这么多的水，把它挤出去，这就是雨水。雨水用来做什么？你不要认为我们是趴在玻璃上偷窥屋里的人，这根本不值一提。雨水让大地充满生机。下过一场雨，青草长高，树木比原来更茁壮，庄稼更茂盛。你肚子里的荞麦皮是一种名叫荞麦的农作物果实的外壳，荞麦离不开雨水。你可能要问我到公保扎布家的玻璃上做什么？说实话，我是身不由己。我从很高的天空中降落下来，根本不知道世界上有公保扎布，也不知道他有一座破房子，窗户上安着玻璃。我被风吹到玻璃上，正像你看到的，我想用力抓住玻璃，但玻璃太光滑了，我滑到了窗台上。然后呢？我从窗台一直滑到地上。那时候，一颗雨滴所剩无几。我的水分被玻璃、窗台和土地吸收。后来，我和其他雨水相遇，组成了新的水滴。我们在大地上流淌，去往四面八方，而不仅仅是蚂蚁洞。越来越多的雨滴汇聚在一起，我们练习做一条河流。

河流壮大了，流的时候哗哗作响。我们流过一个土坑，回头看到自己有点像瀑布的样子。水注满这个水坑，我们继续往前流。流啊流啊，最终流到了乌力吉木伦河。

河里很舒服。在这里，不用拼命奔跑，尽可随波逐流。往河面上看，成千上万的雨滴像白箭一样射入河流，河流收纳这些雨滴，变得浑浊。我们流啊流啊！你为什么不问我要流到哪里去？对不起，我也不知道要流到哪里。问这个显得很冒昧，河水应该流到它要去的地方。河岸边的黄菖蒲告诉我，乌力吉木伦河最终要流到大海里。听到了吗？大海！蒙古语叫达莱，光这个名字就能让你神往。我希望河水快点流，早日流到大海。我最大的梦想是变成大海里的一滴水，跳起来有一丈多高，然后落下来。你作为枕头，理解不了这种乐趣。我也希望河水慢点流，我喜欢万度苏草原，不愿意离开这里。我爱看河两岸的红柳、榆树、胡枝子灌木和山茱萸树。远处的博格达山更好看，在雨后变得湿漉漉的，好像披上了一件发亮的雨衣。你看，一个牧人骑着枣红马在草原上快步走。他穿着蓝色的雨衣，马穿着黄色的雨衣，多有趣呀！

亲爱的枕头，我要告诉你，我在河里流淌得十分自由。河水的动荡难以言传。波浪晃来晃去，跃上跃下。但不需要你用力，因为河流并不是上坡的马车。在河里待着，实在太愉快了，我从公保扎布家窗玻璃滑下来的那一瞬，也是愉快的。只遗憾没有看清你，就写到这里吧！爱你的雨水。

豆雁给高翠雀花的信

亲爱的高翠雀花，我昨天梦见你了。你在乌力吉木伦河的水面上随着波浪往前漂。我喊你，高翠雀花、高翠雀花！你听不见我的呼喊，漂走了。你漂到乌力吉木伦河与羌木伦河的汇合处，在那里上了岸。你像一只站立的松鼠一样往前走，我从河里上岸去追你。你走得快，我走得慢，追不上你。你走到毛榛树丛边上，遇到一只狗獾。他向你吠叫，你不理睬他，继续往前走。狗獾伸长脖子，脸上带白色与黑色的条纹，像一只野猪幼崽。他跟着你往前走。在狗獾向你扑过去的一瞬，你飞起来，在空中飘。我在心里为你叫好，虽然我知道花朵不应该飞。我抬头仰望你蓝色的身影越来越小，融化在白云里。我醒了，一直睡不着，等天亮了给你写这封信。

亲爱的高翠雀花，在万度苏草原，我最喜欢你。我在乌力吉木伦河里游弋，看到岸上有你的身影，就会停下来欣赏你。多好看哪！你的花从上开到下，像一棵小落叶松开满了花。小蓝花从松树的空隙挤出来，仰着笑脸。所以，你又像蓝色的宝塔花。每一朵高翠雀花都开两种花，外面的花蓝花瓣，里面的花白花瓣。你身上能开花的地方都开满了花。高翠雀花，你是了不起的花。有一件事我很奇怪，天气还很冷，你就开花了。你不怕冷吗？天气转暖，你的花瓣却枯萎了。你不喜欢热，对吗？有一段时间，我分不清你和飞燕草的区别，以为你们是同一种花。现在我明白了，虽然你们俩都开蓝花，都从上到下开满花瓣，但飞燕草的花瓣尖，你的花瓣圆。这么说，对吗？

我是豆雁。豆是大豆的豆，雁是大雁的雁。我的名字很好记吧？你生活在草原上，我生活在河流里。河流就是我的草原，它是水做的草原，不停地往前流。我是河流里开出的花。事实上，我经常管自己叫豆雁花，管我的小宝宝叫小豆雁花。

亲爱的高翠雀花，我劝你别在砾石上生长了，到河里来，像我在梦中看到的一样。在水上漂流多么愉快！你想想看，砾石坚硬，没有水分。天旱的时候，你们每天都盼望下雨。河里到处是水，不用盼望下雨。河水多么柔软，比缎子还软，比大天鹅的绒毛更温柔。河水清澈，你低头看河底的石头啊，小鱼小虾啊，都看得清。但是，你站在砾石上低头看，能看到什么东西？只有地表的石子和沙子，而且不知道地下有什么东西。我们的河流是一个宝箱，我们一边游一边看河底的宝贝，欣赏水草以及小鱼的黑脊背，这多么愉快啊，快下来吧！

你可能会问，在河里生活有什么危险？我如实告诉你，没有大危险，只有一些小危险。老鹰是我们的天敌。他假装飞得很高，在天空中盘旋，但你别被麻痹了。老鹰一边飞一边打坏主意，会突然俯冲下来，用利爪攫住你，拎到空中，松开双爪，让你在岩石上摔死。就算摔不死你，他也会用利爪抓破你的内脏，你还是死了。我们不能让他得逞，看到他在天上飞就躲进草丛里，他飞走了，再回到河里游泳。

最危险的地方不在河里，而在岸上。有时候，我也上岸吃一点草籽和蚯蚓。狐狸悄悄地潜伏在草丛里袭击我，但我每次都逃脱了。提起“狐狸”这两个字，我就气炸了肺。狐狸吃我们下的蛋，吃大天鹅和秋沙鸭下的蛋，他是一个真正的坏家伙。为了让我的心情平静下来，最好别提“狐狸”这个名字。我们把话题转回到河流上。

在河里游泳真愉快，微风吹过河面，水的波纹一层层包围着你，空气里有青草的芳香。太阳初升那会儿，阳光照在河面上，像金蛇一样游来游去。这是一个比喻，阳光并不是真正的金蛇。这条光蛇晃来晃去，想钻进水底，最后被天上的白云吞没了。如果你在河面上唱歌，声音传得很远，会引来远处水鸟的回声。我们每天早上都在河面上举行一场音乐会，赞美河流与大地，赞美早上升起的太阳。高翠雀花，你为什么不来河里呢？来吧！如果你不会游泳，我来教你。无论你游到什么地方，我都在你身边保护你。该死的老鹰飞来了，我领你躲进草丛。不过，我觉得老鹰不会把你抓到空中，你身上没有肉，我没见过老鹰用爪子抓过一枝花。

亲爱的高翠雀花，每次看到你，我都想变成蜜蜂钻进你的花里闻一闻香味，然后躺在花瓣里睡一觉。然后，我踩着你最底下的花瓣往上爬，爬到顶上，从另一面爬下来。无论爬到哪里，我都在你的花里。你知道你自己开了多少朵花吗？我估计你自己也不清楚。等我不忙了，数一数你有多少朵花，然后再告诉你。假如你身上开了33朵花，我是说蓝花，加上里面开的小白花，那是33×2=66朵。我算术很好，每一只豆雁都是数学家，包括瘸脚的豆雁。没事的时候，我数岸边有多少株青草，当然是数不过来的。我数天上的云朵，但云朵没等我数完就飞走了，他们不喜欢被别人数。云朵飞走了，我数岸边的白桦树，数它有多少根树杈。我用算术锻炼自己的脑子，预防老年痴呆症。写信也是预防老年痴呆症的方法。阳光好时，我还在岸边晒太阳，伸缩爪子，左边的爪子伸缩15次，右边的爪子伸缩15次；我转脖子，向左转15次，向右转15次。做这些保健时，要时刻提防天上的老鹰，也要提防灌木丛里的狐狸。老鹰冲下来，我钻进灌木丛里。狐狸扑过来，我跳进河里。最可悲的是，老鹰冲下来，你钻进灌木丛，灌木丛里有一只狐狸等着你，白白送死。所以脑子要灵光，不灵光就帮了天敌的忙。

亲爱的高翠雀花，这封信就写到这里。我还有一个小小的建议，太阳落山的时候，你要把自己身上开的花数一数，免得半夜被松鼠偷走一朵花，被黄鼬偷走一朵花。你睡觉不要睡得太死，他们这些坏家伙来偷花，你使劲摇晃身子，他们就被吓跑了。等到天亮，你再数一数身上的花，看这些花少没少。当然，这需要算术能力。总而言之，数学是一门高尚的科学，我最喜欢数学。爱你的豆雁。

高翠雀花给豆雁的回信

亲爱的豆雁，很荣幸收到你的来信。蜜蜂对我说，你是万度苏草原的客人，夏天在这里停留，冬天就回到南方了。蜜蜂说，你去过阿尔巴尼亚和法国。他说，你们迁徙的时候，在天上排成“一”字队形，很漂亮。蜜蜂还说，你们迁徙时，几百只豆雁一起往南方飞，太壮观了。我算术很差，不知道几百只是多少只。我觉得你很了不起，走南闯北，算术好，还肯给我写信，我感到很荣幸。

我是高翠雀花，但是我并不高，没有胡枝子灌木高。高翠雀花是我的名字，因为我们的家族里有一种不太高的翠雀花，但不叫矮翠雀花，就叫翠雀花。你说飞燕草长得像我，没错，我妈是飞燕草妈妈的亲生妹妹，所以我们是亲表姐妹，只不过姓氏不一样。她姓飞，我姓高，我们有血缘关系。

亲爱的豆雁，万度苏草原上生长着很多花。我觉得，那些花都比我好看。野蜜蜂说我是这山望着那山高。其实不是，我更喜欢开白色和红色的花，但命里注定让我开蓝花。我喜欢的花长着羽毛状的叶子，花朵是深紫色的。我还喜欢高山杜鹃花，他可以长到一人高，开红花。他生长的地方夏天也有积雪，他的叶子在阳光下闪闪发亮，是革质的。我还喜欢草原上的杜鹃花，他开白花。你说我浑身上下开满了花，但我更喜欢枫树的叶子，在秋天像一团团火苗，这不比开花好吗？杓兰花很好看，他的花球像果实，花朵是黄颜色的。总之，我就是这山望着那山高。我还喜欢朝鲜白头翁，他身上带着长长的白色流苏。但我不能按你说的移植到河里，我会被水冲到下游，被河里的大鱼吃掉根须。我并不是要拒绝你的好意，我在一个地方待久了，不愿意去陌生的地方。而且，我如果出远门，我的朋友野蜜蜂找不到我，会伤心的。你知道，野蜜蜂每天都准时对我耳语，把他收集到的新闻原原本本地告诉我。野蜜蜂说，棕熊上树掏野蜜蜂的蜂蜜，被野蜜蜂蜇到鼻子，从树上摔下来，摔伤了腰，躺在洞里休息。野蜜蜂说，狼在月圆之夜对着月亮嗥叫，是在吸收月亮的能量。因为狼嗥，月亮变得越来越瘦，只剩下月牙。野蜜蜂还说，树林里最老的云杉树上落了一只大斑啄木鸟，他每天咚咚咚地敲云杉树的树干，结果从树上落下一根包着红布的人参。这是挖参人去年藏在树里的。这根人参落地后，被松鼠打开红布。结果人参跑了，树林里闪过一道白光，人参就没了踪影。松鼠把这个消息告诉了黄羊，黄羊告诉了刺猬，刺猬告诉了黄鼬，黄鼬告诉了灰伯劳鸟，灰伯劳鸟告诉了喜鹊，喜鹊告诉了青蛙，青蛙告诉了瓢虫，瓢虫告诉了野蜜蜂。野蜜蜂信誓旦旦地对我说，人参真的会跑。那天上午，他不断重复这句话。我真烦了，说我相信人参会跑，行了吧？他才闭嘴。野蜜蜂虽然是我的朋友，有时候也让人烦。他的说话声和翅膀振动的嗡嗡声重叠在一起，特别耗费听力。人参会不会跑和我有什么关系？我为什么一定要相信这件事呢？他的意思是，让我把这个消息告诉森林里的动物们。我明天要告诉野蜜蜂，我把人参会跑的消息告诉了豆雁，免得他在我耳边嗡嗡叫。

亲爱的豆雁，天冷的时候你要飞向阿尔巴尼亚，我会想念你的。但是，我不知道阿尔巴尼亚是几个地方。它发五个音——阿、尔、巴、尼、亚，是不是五个地方？你在每个地方待一个月，然后再回来，对吗？阿尔巴尼亚肯定很远，真是辛苦你了。我往下写什么呢？我的脑子确实不如你灵光。对了，我要向你学习，没事的时候，数一数白桦林里有多少片落叶，红松有多少颗松果，锻炼一下我的脑子。但是，我数数一定数不准的。我正在数树叶，风吹来，我随着风晃，眼睛看不清前面的树是一棵还是两棵，得数怎么会准呢？但我会尽力数的。爱你的高翠雀花。

2024年度储吉旺文学奖

十里塘

畀　愚

十里塘其实远不止十里长。

它自西天目山蜿蜒而下，到达我们小镇时忽然变得笔直，像一把利剑把土地一劈为二后，继续一路蜿蜒向东，继续流经别的江河与田野，直到汇入大海。所以，镇上的每个人都觉得只要坐上船，只要顺流而下，我们就会离开这片土地，最终到达大海，到达世界的尽头。只是，从来没有人这样试过——只有傻子才会去干这种傻事。

聪明人都知道守在这条河的两岸，繁衍生息，生老病死。

一

沈老师是第一个离开小镇的男人，他坐了一条又一条船，抛下一双儿女，还有瘫痪在床的老婆，顺流而下，最终到达日本。但那里，也只不过是个那么大的地方。直到老婆溺亡在十里塘里，他才拖着精瘦的身躯，匆匆忙忙地赶回来。

沈师母死的那天，太阳暖洋洋地照在河面上，晃晃悠悠。她的每个白天都坐在轮椅里，坐在她裤裆里的那块尿不湿上，就像一件晾在河边的旧棉袄。她的女儿一早出门把她推出去，中午赶回来喂饭时还好好的，谁也没见到她是怎么爬进河里的，等有人发现，轮椅上只剩下了半张毯子。

我们都知道，沈老师是在日本背死尸，每天不分昼夜，上上下下要爬几十层、上百层的楼梯。后来，直到他把那家叫十里塘的饭店开在了河边，我们才恍然大悟，原来，沈老师在日本干的是厨师。他说，他打工的那家店在东京，名字叫中华料理。他还说，他是丢了西瓜捡芝麻，回来就再也不走了。

哪都不去了。

主要还是因为老婆之死。当年，决心离开小镇时，他坐在床头，曾对老婆发过誓——国内看不好，我们就去国外看，只要口袋里有钱，这世上没有看不好的病。沈老师把那只枯槁的手握在掌心里，目光落在老婆脸上，好像他嘴里吐出来的每个字都是真的。

只是，拎得清的女人一般都不会把男人的话太当真，那些话有时不过是为了烘托一下气氛。沈师母就是这样一个人，我们小镇上的大多数人也一样。我们都觉得沈老师是一去不返了，就像十里塘里的水从来不会倒流。不然，没有哪个男人会舍得离开这个依山傍水的地方，舍得抛下自己的亲生骨肉。

沈老师是没办法。老婆的这身病让他背了一屁股债不说，每到开学那几天，他还得硬着头皮去学校里求校长。就为了那几块学费，欠条他一写要写两张——一张女儿的，一张儿子的。

校长也很无奈，说，你这么寅吃卯粮的，哪天是个头？

沈老师更无奈。他曾是这所学校里最年轻的代课老师，办公室里只有他知道十里塘为什么叫塘，而不是溪，也不是河，更不会是江。他说，塘就是东西向的河。

语文老师一向有点较劲，故意问他，那南北向的呢？

叫浦。沈老师一本正经地说，比如说，上海的黄浦江。

黄浦江那不是江吗？语文老师笑着说，黄浦是个区。

沈老师闭了嘴。作为一名代课老师，他比谁都更知道什么叫分寸。问题是，那个不懂分寸的女学生，把情书夹在了作业本里，密密麻麻写了好几页，还用了李商隐《无题》里的那一句——相见时难别亦难。

按照语文老师的说法，那完全是“清风不识字，何故乱翻书”。沈老师去上课了，窗外的一阵清风把那沓作业本吹开了，也把一个少女的秘密抖落在了地板上。办公室里的老师们都传阅过了，后来还传到了县城的教委。好在那个女学生还知道一个成语叫作“知名不具”。

校长很无奈，只好把全班的女生逐个叫来问了一遍。

最后，问到沈老师时，他由衷地说，你不开口，叫我怎么去跟上头解释？

我不能说。沈老师说，这关乎一个女孩子的名声。

校长有点看不惯了，说，你做都做了，还怕说吗？

我做什么了？沈老师说，除了教书育人，我还能做什么？

最终，年轻的代课老师做了什么倒是没有人知道，可是我们全镇的人都知道，他是再也不能教书育人了。

有一天晚上，沈老师回到家里，拉起老婆的手，说，别人不相信我，你一定要相信我。沈师母半躺在床上，平静地凝望着丈夫。那眼神就像多年后望着他离去的背影，只不过那一天是早上。

沈老师走到门边，想了想，回过头来，还是那一句：你一定要相信我。

沈师母至死都没有怀疑过。疾病早已教会她，如何去等待命运的降临。

二

沈丹萍结婚那天，婚宴就摆在这家临河的饭店里，掌勺的当然不是沈老师。那时，他已经有好几个徒弟了。他只是看不上自己的女婿，油头粉面的，哪像个男人？他曾不止一次地提醒过女儿：脸长得好看有什么用，男人不能光靠一张脸吃饭。

然而，事实很快证明了——男人也是能靠脸吃饭的。

小丁不光脸长得好看，身材也挺拔，尤其笑起来，眼睛里就像有阳光荡漾在河面上。一开始，沈丹萍就是被这双眼睛迷住的。那时候，小丁在印刷厂里跑业务，三天两头都会来饭店里招待客户。临走，他大笔一挥，留在单据上的字竟然也是龙飞凤舞的。

这样的男人，一般女人也只是在心里想想，可是沈丹萍从来就不是一般的女人。每次到了月底，拿着那些单据去印刷厂里结账，她都会转到业务科里坐一会儿。进去先发上一圈香烟，跟那几根“老油条”嘻嘻哈哈的；临走再发上一圈香烟，让人感觉她是来谈业务的。可时间一长，大家都看出来了，姑娘想谈的是恋爱，对象就是他们科里这个唯一的小伙子。

跑业务的人什么没见过？于是，就有过来人说了心里话——豆腐要吃烫的，老婆要讨胖的。

其实，沈丹萍并不胖，就是有点壮，皮肤也有点黑，但摸上去远比白的要光滑。这方面，小丁是有过比较的。他第一次把手伸进去时就发现了，跟百货店里的汪明娟比起来，她没有那么多的扭捏，说起话来也更爽朗。其他就不大好比了——每个女人都是一本书，翻多了其实也就是那“老三篇”。

小丁最终还是想选百货店里的售货员。沈丹萍当然不买账，就在河边拦住了他。残阳如血，倒映在河面上，也哗哗地流淌在身体里。漂亮男人想一头扎进去的心都有，问她，那你叫我怎么办？你总不能让我把自己一刀劈成两半吧？

刀，饭店后厨里就有。沈丹萍转身进去操了一把出来，

"咣"地丢在他脚跟前。

小丁当然不怕这种，他受不了的是在众目睽睽下真刀真枪地闹。男人一旦硬不起来，最好的办法就是服软。他弯腰捡起刀，塞回到姑娘手里，诚恳地叫了声丹萍，说，我们有话不能好好说吗？

可是，沈丹萍不想说话，在饭店的账台后面坐久了，她只想算账。于是，她看着小丁，当着那么多人的面，把他从头到脚地算了一遍：从他身上穿的格子衬衫，到牛仔裤里的三角裤，还有脚上的真皮运动鞋与全棉的白袜子。沈丹萍说，这些都是我给你买的，你脱下来，现在就还给我。

小伙子脸涨得通红，丢下一句"神经病"，扭头就走了。

沈丹萍并不着急，反而气定神闲地提着菜刀，回到账台后面坐下，噼噼啪啪地拨起了算盘，好像什么事都没发生过。

坚持不下去的是小丁。眼看又到月底了，挪用的厂里的那些账得补回去，他只好硬着头皮来找沈丹萍。这一回，两人约在十里塘对岸，就在沿河的那条小路上。

夜空中，弦月如钩，沈丹萍冷冷地瞥了眼那张漂亮的脸，冷冷地说，我是你什么人？

那是公款，挪用是要坐牢的。小丁拉起她的一只手，说，你就忍心让我去坐牢吗？

你去坐牢好了，关我什么事？沈丹萍甩开那只手后，马上又说，这种事，你应该找你的对象去。

小丁叹了口气，低下头，重新拉起那只手，说，我的心里只有你。

放屁！

真的。小丁把那只手抓得更紧了，说，日久见人心，我总算知道了，只有你对我是真心的。

不争气的是眼泪，一下子就要夺眶而出。在这晓风印月的夜晚，十里塘的水潺潺地流过。

爱情就是泪水淌在嘴里的味道，咸咸的，涩涩的。

三

按照镇上老人的说法，沈老师家的小外孙简直就是个送财童子。丁晓光出生没多久，饭店的生意一下火得不得了，大门口长期挂着块招收服务员的牌子不说，后厨还整整扩出了一大间。当然，这得归功于小镇的开发，一条公路弯弯曲曲地通往县城，每天都有大巴车拉着旅游团从上海、杭州而来。

沈丹萍从来都是当仁不让的，刚坐完月子，不光店里的账目一把抓，现在就连厨房里每天进出的食材都得经她的手。主要还是沈家老二的性子太懦了，整天笑眯眯的，长得也像个弥勒佛，白白胖胖的，坐在小板凳上，肚子都快搁在大腿上了。

人生就是那么的难如人意，该争气的不争气。这也是沈老师高兴不起来的又一缘由。女人家太强势，从来不是件好事情，尤其还有个他看不上的女婿。当父亲的心里实在是憋屈，但也没办法，店堂里每天迎来送往的，要没这么一个女儿，他还真撑不起这么一个热络的场面。

那天，镇上下了入冬以来的第一场雪，到处白茫茫的，只有十里塘还是一如既往地潺潺流淌。客人是不指望了，但也不能让几个徒弟闲着。沈老师坐在门边的一把椅子上，吩咐他们把炉子点起来，把熬好的膏汤兑上水，重新再熬一遍。他说，这样，屋子里也能暖和点。

很快，后厨里开始蒸汽弥漫。沈老师是想开门出去透口气的，却一头栽倒在了雪地里，等送进卫生院，已经说不出话来，干瞪着一双眼睛，一眨不眨地盯着床前的这对儿女。

沈老师死于脑溢血，最终连半个字都没能留下。

沈丹萍把他跟母亲合葬在一起后，一行人踏着冰冻的土地回到饭店。当晚，等所有亲朋离去，她朝桌边的一把椅子指了指，对老二说，你坐下，我们开个家庭会议。

沈朝阳看了眼姐夫，递了根烟给他后，规规矩矩地入座，才看清姐姐的眼神，慌忙把手里的香烟夹在耳朵背后。

沈丹萍并没有马上开口，而是双手捧过半杯热开水，捂了好一会儿，才说，爸妈都没了，按理说我们姐弟俩也该分家了，但现在还不能，主要是饭店的生意正在兴头上，分了怎么做？沈丹萍接着又说，就算真要分，也要等你成家后，有人替我看着你了，我才好放心。

小丁这时插嘴了，说当务之急是先把你爸的存折点清楚，别到时漏掉一张。

这里没你事。沈丹萍面无表情地说，这是我们姐弟俩的事。

沈朝阳当然听他姐的，他从来都觉得她更像是自己的妈。虽说在外人眼里，那么多年都是姐弟俩在伺候他们瘫痪的妈，可只有住在一个屋檐下的人清楚，沈丹萍才是既当妈又当姐的那个，一直照料着他们母子俩。

夜深以后，天空又开始飘雪。筋疲力尽的女人竟然没有半点要睡的意思，就一个人悄悄地出来，一个人踩着薄雪走了很久，才发现她其实根本没有去处，也想不出能去什么地方，可两只脚就是停不下来，就是想一直不停地往前走，只在身后留下一串脚印。

事实上，沈丹萍最终还是止步了，停在了母亲溺水的岸边。漆黑的天地间是那么的静谧，就连河水也像失去了声息，只有冰凉的空气还能勉强让人清醒，让人勉强感觉得到，雪花沾到脸上，转眼就成了滚烫的泪。

四

老二的婚宴摆在县城的大酒店里，操办人当然是她这个当姐姐的。不仅如此，就连弟媳也是沈丹萍先相中的，事先都跟介绍人讲清楚了——首先一条是要漂亮，其次还要精明与能干。

这样的女孩子有，但不好找，即便找着了，人家的眼睛也是瞧着天花板上的。当姐姐的能不清楚这个吗？所以，当着介绍人的面，她把话放到了台面上，让人家有条件尽管提，家里好歹开着一家饭店呢，每天的流水都是摆在那里的。

但还是不好找。

漂亮的姑娘往往都带着几分傲气，更多的是把面子看得比命重。当姐姐的同样明白这道理。沈丹萍没过多久就转换了策略：一边督促老二每天沿着十里塘跑步，先把肚子减下去再说；一边重新找来介绍人，表示她可以再退一步，哪怕农村的也行，反正现在的户口也不值钱了。为此，就在老二再次前去相亲的那天，当姐姐的特意把他送到店门外，专门强调了一句：乡下姑娘好，实惠。

沈朝阳当然是听他姐的。

说心里话，光从汪雅芳的长相上根本看不出是个乡下人，穿得甚至比沈丹萍都时髦，十个手指头还染着红指甲油。她的小学是在县城里念的，一直借宿在亲戚家里；中学也是在县城里念的，住在学校的学生宿舍里；眼看还能考上大学，成为一个真正的城里人，不承想，一场爱情突如其来，如同迎头赶上了一场暴风雨。

她那当村主任的父亲闻讯都快气疯了，带着老婆连夜赶到县城，揪住女儿的头发，给了她一个耳光。第二天，她父亲仍然揪着那把头发，一直把她揪到卫生院。

汪雅芳只觉得自己是死了一回。从手术室里出来，站在铺满阳光的走廊里,她又觉得自己像是满血复活了。

我是不会跟你们回乡下的。女儿对父母说，要死，我也会死在城里的。

类似的话，她同样对沈朝阳说过，就在两人开始谈婚论嫁时。

我是不会跟你在镇上办酒席的。汪雅芳低下头，看着自己的脚尖,说,要办,我们就办在县城里。

沈朝阳以为姐姐会当场跳起来，但是没有。沈丹萍端坐在她的账台边，随手在算盘上拨了拨后，又拿过计算器按了会儿,说,也好,给镇上那些人看看。

问题是，漂亮的女人都善于得寸进尺。没过多久，汪雅芳又提出来，婚房也得安在县城里，主要是她放不下毛纺厂检验员的那份工作。

这一回，沈丹萍很久才长长地吐出一口气，抬头看向沈朝阳,问他,你是怎么想的?

当弟弟的不敢直视那双眼睛,耷拉着脑袋,说,我听雅芳的。

沈丹萍没吱声，伸出两个指头，一上一下地拨弄着算盘上的一粒算珠。

实在忍不住的是小丁，一直等到打烊后，才在老婆跟前谏了句言。他说，这样也好，趁这当口，索性把家分了，干干净净。

沈丹萍还是没吱声，闭上眼睛就像睡着了。

新婚之夜，小夫妻俩躺在他们县城新房的新床上，汪雅芳眨着她那双涂着眼影的大眼睛，由衷地说，你姐待你真不错，比许多人家的亲妈都要好。

这话后来传到沈丹萍耳朵里，多少是让人有些欣慰的。看来，这个弟媳妇还是知好歹的，新婚之夜这么忙，都没忘记念一句她这个大姑子的好。

五

其实，明眼人都看在眼里，当弟弟的能有今天这点出息，多亏了有个能干的姐姐。沈老师还在的时候，沈朝阳一度想跟姐夫去跑业务，当场就被沈丹萍制止了，她毫不客气地说，你根本不是块耍嘴皮子的料，还是好好地学门手艺,学会的本事谁也抢不走。

厨师的儿子能学的当然就是烹饪了。从配菜开始，接着是给父亲当下手。沈老师去世的时候，他已经独立掌勺了。所以，沈朝阳在县城要找份工作不难，一开始在快餐店里煮大锅菜，嫌太累就跳槽去了家蒸菜馆，又嫌工时太长，每天收拾干净都快半夜了，回到家里汪雅芳早睡了不说,第二天一早醒来,人家赶着要去上班,连个说话的工夫都没有,更别提别的了。

好在姐夫是个业务员，在县城里的人头也算熟，介绍他去了一家幼儿园，给小朋友们做营养餐。一天烧两顿，还有寒暑假。

小丁一回来就在老婆面前摆功劳，说，为了你家老二，我这个当姐夫的也算是仁至义尽了。

好在老二还算争气，汪雅芳不久就怀上了，可问题接踵而来。

这天趁着周末，沈朝阳回了趟镇上，说是来看姐姐，东拉西扯了老半天，才吐露实情。他们看中了个店面，就在离家不远的中山路上，问题是人家的要价高了点。

沈丹萍连眼皮都没抬，说，那你跟人还价去，跟我说又没用的。

当弟弟的只能扳着指头一个个地数说，雅芳现在有点见红，已经请假在家里了，接下来是待产，等生了还要坐月子，还有哺乳期。最后，他一把捏紧拳头，哭丧着一张脸，说，这孩子一生，还有谁要她去当检验员呀？

沈丹萍想了想，也伸出手掌跟他一个个地扳着指头说，县城里买个房子多少钱？装修花掉多少钱？家具电器又是多少钱？还有你们摆酒席的钱。她蜷起手指，敲了敲账台，又说，你要搞清楚，这开的是饭店，不是印钞厂。

沈朝阳显然是有备而来。他小心翼翼地站着，使劲地搓了搓那两只大手，先叫了声姐，然后说，要不，我们分了算了。不等沈丹萍回过神来，他马上又说，这样，我们不就有两家店了？

沈丹萍半天没出声，脑袋里翻来覆去的，只剩下了一句骂人的话——娶了老婆忘了娘的狗东西！可转念一想，自己只是他的姐姐。于是，她轻轻地点了点头，说，那好，我听你们的。

这一次跳起来的是小丁，当晚就要冲到县城去，去找他的小舅子。沈丹萍一把拉住他，说，算了。

怎么好算了？小丁说，老婆给他娶了，房子给他买了，钱都给他花完了，他倒好，要分家了，他当我们是什么呀？

这是我们姐弟间的事。沈丹萍脸色铁青，从牙齿缝里只蹦出六个字：这跟你没关系。

怎么没关系？一向隐忍的男人终于爆发了。小丁一拍桌子，说，我们是夫妻。说完，又一拍桌子，就算我们不是夫妻了，我也要替我们儿子去跟他们把账算清楚。

已经多年不曾流泪的女人最终没能忍住。她用双手抓着丈夫的袖管，很久才让自己平静下来，但还是紧抓着那只袖管。沈丹萍从来没有这样低声下气过，睁着一双泪眼，半天才说，算了，算我求你了。沈丹萍后来又说，他也是个苦命人，从小没人管…… 现在总算有人管他了……我们算了，吃亏点就吃亏点。

六

雅芳时装店开业那天，沈丹萍不想去，推说饭店里忙不过来。可是，一大早起来想了想，还是包了个红包塞给小丁，让他带着儿子去一趟，顺便父子俩去人民公园再坐一回过山车。她嘱咐丈夫，记得到了县城再买两只花篮，一起带过去。

汪雅芳临盆的时候，她这个当姐姐的再不露面不行了，外人都要有话说了。那天的产科病房里也确实来了些亲戚，沈丹萍没想到弟媳妇会来这么一出。当着那么多人的面，汪雅芳脸上还挂着劫后余生的汗水。她先是叫了声“姐姐”，接着大眼睛一眨不眨地看着沈丹萍脸上，说朝阳要是没有姐姐，他也不会有这个家，他俩今天更不会有这个女儿。她求沈丹萍给孩子取个名字，叫什么都行。

当大姑的一时还没反应过来，小丁忽然插嘴说，那就叫晓晨，跟我家晓光一样，都是晓字辈的，听着就像兄妹俩。

沈丹萍没有想到的是，他这个当姑父的竟会跟侄女她妈有一腿。

事实上，对于长相漂亮的丈夫，哪怕再笨的女人也会留出个心眼来。小丁每天回到家里，沈丹萍都会在不经意间察言观色，尤其是他换下来的衣物，洗的时候特别留神与注意。可以说，警惕这根弦，她从来没松过，这么多年下来，都养成了习惯。

那天也是，小丁一早说要去趟县城，说是有笔回款要去催一下。一直快到中午了，他才动身，换了件新买的T恤衫，头发梳得油亮，坐在摩托车上的那股劲，就像有人在路上丢了个皮夹子，正等着他去捡呢！沈丹萍在心里算了算，这个礼拜才过去四天，他都上县城三趟了。接着，她又把那些能想得到的女人都想了一遍后，再也没心思坐下去了，索性把账台的抽屉一锁，抓过一把遮阳伞就直奔公交车站。

县城的马路上热浪滚滚，而沈丹萍更多的是无措。她沿着人行道走了一会儿，在一块树荫下不由得站住了，望着满大街刺眼的阳光，一下觉得连站着的力气都快没有了。但来都来了，她能去的地方也就是弟媳妇店里，哪怕坐下歇口气、喝口茶也好。

可是，她一眼认出了小丁的摩托车就停在雅芳时装店的门外。沈丹萍还算是冷静的，她打着遮阳伞，迈上台阶，推了推那两扇玻璃门，发现是从里面锁上的，血"嗡"的就直冲到了脑门上。她几步下到路边的花坛前，从里面捡出一块石头，但转念又放下了，返身走到隔壁的童装店，一把摘下人家挂在门把手上的U型锁，扭头就反锁在了雅芳时装店那两扇玻璃门上。然后，她揣起那把钥匙，打着遮阳伞，头也不回地直奔公交车站。

当晚，小丁回来时，看上去如同什么都没发生过。儿子已经睡了，老婆也已经洗完澡，正在露台晾衣服呢！他扒下T恤衫就往卫生间里钻，沈丹萍忽然进屋，说，滚！

小丁光着上身，忙叫了声"丹萍"。

沈丹萍只说了一个字——滚!

七

家丑不可外扬,可这世上也没有不透风的墙。

传闻就像十里塘的水,哗哗地流经小镇。于是,我们全都知道了,十里塘饭店里的姐夫睡了他小舅子的老婆。而且,只要它的源头还在,河水是永远不会停歇的。它滋润大地,无孔不入,让鲜花盛开,让万物生长。传闻也是,会伴随着时间不断蔓延。到了后来,小镇上的人都在说,就连汪雅芳那女儿都是跟小丁生的。

沈丹萍是没脸再待下去了,可又舍不得这饭店。但是,人是必须要有取舍的。她想了很久,才对那买家说,只租不卖。

买家也想了很久,说,那租二十年。

当妈的心里只有儿子。她想到二十年后,晓光都要三十了。她说,十年,要租就租,不租拉倒。

十五年。那人说,我们都是爽快人。

在儿子的问题上，沈丹萍从来没有半点犹豫过。她指着门前的十里塘,对小丁说,你想让儿子跟你?除非这河里的水倒流。

始终犹豫不决的人是沈朝阳，他几乎隔天就打一个电话给他姐姐。一会儿是他跟汪雅芳谈好了,决定和平分手,好聚好散，第二天就去民政局。可到了第二天，电话又来了，支支吾吾地说女儿才断奶，他是真舍不得孩子。他还说,雅芳也舍不得他们那个家。

沈丹萍始终不表态，她再也不会替别人做决定。她只对沈朝阳说,她要走了,带着儿子离开这地方。至于去哪,她没说,其实是她自己也没想好。不过,有一点是肯定的,她从小就知道，只要坐上船，只要沿着这条河，顺流而下，谁都会离开这片地方，一直到达大海，到达世界的尽头。而且,这世上不光有船,还有汽车、火车与飞机。

带着儿子,她可以去到任何一个地方。

她对沈朝阳说，往后，爸妈的墓就由你扫了，别忘了，每年的清明跟冬至。

那就是她的告别,也有点一去不返的意思。

沈朝阳对着电话只喊出了一声:姐。

沈丹萍没听见,也不想听。她的耳朵里只有哗哗的流水声,她的眼睛只想跟随着河流的方向,跟着它们一起流经别的河流与原野,一路向前,不管这世界到底有没有尽头。她只想去一个从未去过也不曾想过的地方,带着她的儿子。

只是,不管她去得有多远,那些越是不想知道的消息,就越会往耳朵里钻。基本上都是关于沈朝阳那两口子的,他们分分合合的时候,汪雅芳同样也在跟小丁合合分分。

沈丹萍只想走得更远,远到整个世界都鸦雀无声。

八

晓光大学毕业就想带着女朋友回乡创业,但做儿子的并没有跟母亲直说。这么多年相依为命的母子俩,没人比晓光更了解沈丹萍那脾气了。他只说已经跟小芹商量过了，他们现在还年轻，成家立业还太早，所以打算先去国外读个研究生，等把硕士文凭拿到后，至少将来找工作会方便些。他们连去的地方也选好了，是英国的伯明翰大学，主要是那边的房价与生活成本相对比较低。

沈丹萍不吱声，她不会再替任何人做决定，哪怕是自己的亲生儿子。可现在的问题在于，读书是要花钱的，而且还是两个人去英国花英镑。沉默了半天后，她让儿子先去听听女方父母的意见，不要急着做决定。

他们听小芹的。儿子说，他们就这么一个独生女儿。

这话说得，好像自己不是独生儿子似的。沈丹萍心里很不高兴，但脸上看不出来，只是平静地望着儿子那张白净的脸，问他英国读个研究生得几年？

儿子伸出两根指头，说，两年。

母亲点了点头，从沙发上直起身，又开始算账了。就当一年来回飞两趟，两年就是四趟，这机票得多少钱？还有那边的房租加上生活费，而且两个人还有别的花费吧？而最大的开销当然是学费。沈丹萍习惯性地扳着手指，一笔笔地累计到一起后，再把它们换算成人民币，问儿子就当两年后回国工作了,你们两个的工资能挣多少?

万把块一个月总有的吧?儿子说,好歹是海归。

就算你一万块一个月。沈丹萍说，就算你们两个不吃不喝,你算算看,你们多少年才能挣回这两年的开支?

儿子闷声不响,半天才说,那怎么办?

办法当然是有的，办法从来要比困难多。只不过，沈丹萍并不急于说出来，而是等到周末，等到小芹来家里吃饭时，才在饭桌上说起了家乡那饭店。靠着它，她不光把儿子拉扯大，还让他念完了大学。现在，十五年的租期眼看要到了，她这个当妈的这辈子也没什么可留给儿子的，现在就把饭店交给小两口。沈丹萍看着未来的儿媳妇,说,城里当然是城里好,城里什么都有,什么都不缺,可城里什么都贵，哪样不用花钱?她把脸转向儿子，又说，至少家里的饭店,妈是不会跟你们要租金的。

首先被感动的是小芹，跟着男友也愣愣地叫了一声“妈”。

沈丹萍深感欣慰。其实，这天她已经等了十五年。她只是没想到小两口转盘会转得那么快，闭口再也不提英国与伯明翰大学了，而是每天都在合计那家饭店，打算把它改造成一家民宿，再在沿河的地方摆上一排桌子，那就是一个露天的咖啡吧。

沈丹萍到了这时才明白，儿子只是给母亲要了个小心眼，但她仍然感到很欣慰——至少比他老子强多了——做人最怕的就是缺心眼。

这天，儿子还在盘算时，沈丹萍打断他，伸出手朝他捏了捏，问他，钱呢？大拆大改不要钱吗？

儿子愣了愣，还是以退为进，说，我们可以去贷款。

沈丹萍忽然有点后怕了，紧捏着手里的电视遥控器，忽然说，你把饭店接过去，你让我往后的日子怎么过？

我养你。儿子是脱口而出的，妈，我跟小芹商量过了，我们到哪都会带着你的。

一下子，沈丹萍只觉得有把刀扎进了心里面，但不是痛，而是一种说不出来的酸。她又想起了很多年前的那个雪夜——其实，她根本没有去处，也想不出能去什么地方。她就是两只脚停不下来，就是想一直不停地往前走，只在身后留下一串脚印。

可是这一回，当妈的忍住了，并没跟随儿子回到小镇。她不是拉不下这张脸，只是不想让那点过往再被人隔夜饭似的炒一遍，但儿子的一举一动从没逃出她的眼睛，大都是通过微信里的朋友圈。

她发现，儿子最终还是大拆大建了一番，先是掀掉屋顶，在那里搭了个露台，还在四周的栏杆上挂满了粉色的三角梅。那家咖啡吧他也没开在河边，而是撑起几把太阳伞，把桌椅都摆到了那个露台上。问他是怎么回事，他很久才回了几段语音过来，说是审批通不过，最后镇上的城建办替他想了个折中的办法，先把咖啡吧开在屋顶上再说。

然而，这世上唯一不能折中的是爱情。时间一长，小芹还是想要去留学，想去看看远方的那个陌生的世界。临别这天，她站在十里塘的河岸边，大眼睛一眨不眨地盯着男友的脸，说，你放心，我会回来的，最多两年。见晓光低头不语，她也低下头去，又说，这两年，就当是对我们的考验。

只有过来人才知道，这世上最经不起考验的就是爱情。儿子回到母亲身边的那晚，城里刮了一夜的风。很少失眠的女人失眠了，她在床上辗转反侧，直到天亮才发现，窗外已经开始下雨，淅淅沥沥的，每一滴都像打在心头，却又忍不住地从眼睛里流了出来。

沈丹萍还是觉得酸，浑身酸得都如牙龈般发软。她能做到的，也就是拼命地咬紧它。

儿子追寻爱情而去的第二天，当妈的只能只身回到小镇上。好在太阳很赏脸，一场雷阵雨过后，又从云层里钻了出来，照在地面上，照在屋脊上，照在十里塘与它的两岸上。太阳照到哪里，哪里就反射着光芒，闪闪烁烁，热气腾腾。可是，沈丹萍的眼里只有这条河，我们也一样——它曾让我们镇上的每个人都觉得，只要坐上船，只要顺流而下，我们就会离开这片土地，最终到达大海，到达世界的尽头。

可是，只有离开过的人才会知道，世界是没有尽头的——世界的尽头，就在你止步不前的地方。

花相似（组诗）

蒋立波

植物学词典

蕨菜，艾草，马齿苋，苜蓿，鱼腥草
我来不及一一叫出这些短暂的名字
过于偏僻的方言，无法进入植物学词典
就像凡人的生平，不被纪念碑铭刻
我们被告知，眼泪的修正液已经过期
但不用怀疑，即使是最迟钝的根芽
也比闪电更洞悉死亡的秘密。白鹭一次次

朝水面俯冲，像是冲洗虚幻镜面的快照
在这鬼魅人间，它们有同样的赴死之心
而我沉溺于遗忘，旷日持久的拖延
直到一阵礼貌而固执的敲门声响起
一块滚烫的冰，让反复消毒的手指尖叫

枯坐课

一把椅子坐在南方庭院独对空山
它是铁质的，因此它有铁的意志和体温
当你的手指触摸到它的皮肤
它将烙伤你，逼迫你意识到它的存在
这也是一门课程，和它一起枯坐
和它一起谛听土地里虫子的奔突
蛇在结束冬眠，蜕下的皮用来包裹琴箱
蛇皮袋用来装运诗集和一条冻僵的蛇
（终身用肚皮行走，这是它所领受的

来自创世之初的永恒惩罚吗？）

有些事情你不能目睹，比如

霜柱塌陷，雪崩在更远处

那是你不能抵达的地方，或者说

那只是发生在内心的某个角落

翻遍所有希尼译本，仍找不到电线上那只

悬垂的小邮袋，莫非这只是一种幻忆

松树也在枯坐，当松鼠背走鱼鳞状的松塔

它听任自己在时间中枯槁

它认清了自己的失败，当一道闪电刺中它

它已抽不出身体里锈掉的那柄宝剑

洗碑的季节

一只被镰刀细齿咬断的葵盘

在搅拌机的疯转里保持奇异的安静

桃枝上的果子“有毒”，像一道伪造的神谕

仅仅为了提醒蛇的诱惑从未停止吗?
雾气蒸熟的茶园,再没有一只野兔
探出那张尖削的脸,来和我相认
竹篮里的明前茶,等待初尝仁慈的火刑
一枚嫩芽,乃最小单位的春天
舌尖的霜迹或电流,被不小心招供
山中没有来信,但有快递,捎来七本诗集
像词语之间的引力曾将你拽往山顶
白玉兰的小号尽情吹奏,墓冢和青桐
在同一个泳池里洗尽悲伤
尽管那只是一个倒影,你得忍受
真实与虚构之间彼此的修改
春天像一场盛大的葬礼,满山草木
向你簇拥,像走失的亲人再一次归来
不远处的墓碑从荆棘中踮起了脚尖
洗碑的季节到了,只要你有足够的耐心
细细擦洗,那名字仍然是新的,仍然耀眼

在横店

——留赠陈剑，兼示东阳诸诗友

原来月亮也有赝品，我两手空空
虚拟另一种砍伐，唯一的斧柄
被斧头帮借走，那些仿制的环形山
逼真虚无之爱，就像广州街上
行走的很可能是香港脚
爱有时是一种真菌，它在记忆中保留的
不是锥心之痛，而仅仅是奇痒
我只能和撑伞的模特合个影
却不能拉起她的手走天涯，因为
伞尖刺破了丹顶鹤头顶的落日
运送鸦片的趸船，永久停靠在这里
高仿的海负责赠送一个幻觉
就像高速出口的白云并不免费
那些挖走的淤泥去了哪里

云里雾里的历史，用蒸汽大口喘气
今晚来到这里不会出于偶然
我们都怀抱一个愿望，那就是去领受
一个或许并不完美的角色
甚至仅仅是一个可有可无的角色
刚刚北鸟说起他的朋友小谢
“在这里扮演古代的士兵，一小时十元”
他可以生活在任何一个好朝代
这是他享受的自由，尽管手上的兵器
已被收缴，但不影响那一身盔甲
也可以披在任何一个人身上

在父亲墓前

每年一次，一场惊心动魄的搏斗
几乎耗尽我全身的力气
这些高大的茅草，看上去像是一种反复的挑衅：

看，只隔了一年，它们又高过了我的头顶
它们早已高过父亲的一生，而最终
它们肯定还将高过我的一生
我挥舞着父亲留下的柴刀，一次次冲上去
疯狂地砍斫，像一种古老的复仇
无意中被我冒失地继承
借着风的唆使，这些更疯狂的茅草也在扑过来
用宽大而锋利的叶片击打我的脸颊
在我的手指上锯出新鲜的伤痕

血在流淌，响亮的蜥蜴在阳光下忘记了爬行
脚下这颗尘土虚构的星球仿佛也暂时
停止了飞速的旋转。这无人认领的荒凉
植物图谱里哗变的后裔
开始和我身体里的一支叛军相呼应
每年一次，一个年轻的父亲带着他晦暗的生平
和一捆哔剥作响的松木

来到我的面前，连同铁肺里长出的
未被烈焰烤焦的香料烟叶
蛇在更深的草丛里无声滑行
像一股新掘出的泉水，给焦渴的嘴唇送来清凉

本该有一场长谈，但墓石已经封住他的嘴
本该在他墓前朗读一首诗
但我缺乏足够的勇气，死灰复燃
显然还需要更多绿色的灰烬
日复一日，茅草更紧地抓住缓慢流失的土块
以彼此的利刃和锯齿簇拥在一起
它们代替着我，向父亲索要更多的肥料
坚硬的根茎像一种永不疲倦的抵制
而在乡亲们的谈论中，他的形象
早已被另一个人悄然替换
我因此确信，一部不断修改的传记需要抵制
四周巍巍群山那伸过来的膀臂

梦见自己的葬礼

忘了哪一年，梦里回老家，与一列送葬的队伍
相遇
我好奇地打听死者的名字，他们的回答
让我匪夷所思，因为他们说出的竟然
是我自己的名字。更匪夷所思的是
我竟然跟着丧葬的队伍，走了很长一段路
送葬者和我，竟然都没有过多的惊讶
一种古老的冷漠显然比梅花吹出的雪更冷
他们如此熟悉死亡，犹如精通一门告别的艺术
哪怕那是无数次告别中最平庸的一次
似乎每个人都是一个幽灵，老练地送别着
另一个幽灵，让另一个我，送别着自己
而当我从梦中惊醒，就像从幽灵的队列里
匆匆逃离，我只拥有短暂的惊恐，我庆幸于
那只是一场葬礼的排演，或者是对另一个

陌生死者的冒名顶替。但只有我知道
我确实早就死过了无数次，早就
把自己送别过无数回。这不单单发生在梦里
事实上，我从未从梦的机舱向外跳伞
尽管许多时候，梦总是被现实冒名顶替
哪怕过去了很多年，我依然只是死亡的门外汉

花相似

——游风穴寺，回赠高春林

烈日灼烫皮肤。蝉鸣有过一阵短暂停顿
须臾的休止符，刻录刘希夷失传的琵琶
那是风在反复穿刺一个隐秘的穴位
我是去寻找那口钟的，为此我练习倒挂
如蝙蝠，倒过来看那片天空，像一次
不知开始于何时的倒叙，钟声画出的
无数个同心圆，拥有同一颗孤独的心

白头翁卵形叶片托举起紫色花萼
像一个卑微的请求,似乎顺着月光的梯子
爬上去,就能采摘到星辰,那有毒的蘑菇
放弃国籍的月亮,在引渡危险的中年
我早已活过刘希夷的年纪,这是出于侥幸吗?
花相似,停留于树枝上的两只鸟也相似
唯有急切的啼鸣,哀苦的词调
仍能让我听出第三只鸟,它尚未诞生
像生平不详的诗人,它的尖喙有待凿出

半个月亮

半个月亮在天边翻着白眼。它不看人间
这雨水沤烂的世界,荒凉的堤坝
只供野狗和流浪猫一起散步
闷热的空气中拧出冗长而野蛮的散文
乌云在夺眶,倾盆一个至暗时刻

即将关闭的交易所急于抛售

伪造的黄金,那不断贬值的眼泪

据说一个新的时代开始了,一个将月亮

束之高阁的时代,空荡荡的货架上

光的保质期被提前撕下标签

一根海底电缆被鲨鱼的牙齿切断

青蛙的苦闷不需要腹稿

蝉鸣照本宣科,疑似去年的台词

这不足为奇,就像星光至今被小丑冒领

一个圣词的前缀在另一个暗面哑默

白头鹎向南飞去,那是另一个省

它将用变乱的口音问候陌生的

草木、蟾蜍和人民,像一个蹩脚的观察家

站在苔藓覆盖的界桩上,用三种语言

为晦暗的镜子里模糊的环形山命名

月亮拒绝为尘世提供完整的肖像

犹如厌食的历史尚未消化一半的诺言

西景山考略

——兼赠张恨年

在这里你首先得将死亡视为一种
世代相传的知识,学会与亡灵一起散步
反正我数过,走七步,就会碰到一块墓碑
当然,肯定不会有墓志铭,这失传的散文
死者仍习惯与生者为邻,你必须习惯
在你回家时,将一簇磷火当作灯盏
古驿道蜿蜒曲折,习惯腾挪、互文与戏仿
把我们带往一个湮没于地方志的朝代
在古地图卷边的一角,路廊坍塌
茶竹筒里的水至今汩汩流溢
冒险拣回的七块老砖,死死压住佩索阿
水墨肖像。那一阵风真大啊
将十七个异名齐齐吹落,在惊讶中
我们喊出的只是其中一个,而配锁匠

已经绝望,世间再没有一把锁匙配得上
这生锈的锁孔。只有枯松还在坚持
三年前它还是郁郁葱葱,现在已经被折磨得
瘦骨嶙峋,当那天古地图专业硕士生
走进荒僻的书店,他没有带来地图
他只是依赖于导航仪的指引
他的论文中没有援引新建的凉亭和鹤
一如闪电援引空心的松树,一顶脱下的冠冕
被线虫裁切,那外语般陌生的惩罚
梅花开了,才知道故乡已经荒芜*
假冒的张恨水,以馍、泡面和誓言为食
伪造不存在的因果,其实哪有落子无悔
在野兔出没的乡间,要允许悔棋
允许过河的士卒掉头而回
允许以“鹅”传讹,将寻常石板路称为古驿道
父亲另有一幅地图,它被手绘在一个
硬皮工作笔记上,那些道路和地址

从此被缝进了我幼年的身体

当那天一条剃了毛的狗来到书店

它徘徊不去，像是来完成一个托付

才知道狗的主人已在十年前去世

它细嗅我的裤管和鞋帮上的红壤

那不肯脱落的泥腥，以此完成一次相认

*此句化用潘维诗句：梅花开了，才知道还有故乡。

导岭湖笔

一枝倒挂下来的湖笔，等待着去蘸取

刚磨出的新墨，漫漫长夜仁慈的赠予、吮吸

笔锋被粗糙的手细分：细光锋、粗光锋、黄尖锋

白尖锋、黄盖锋……像是一头温顺的山羊

从峭壁上走下来，突然间露出锋芒。透亮的湖颖

从无数粗细、长短、软硬、曲直、圆扁的羊毛中挑选

那最纤细的部分,以一种从未被描述过的柔软
触及一张刚刚诞生的白纸:水与墨
一场古老的联姻。传统在老去,但月光和松脂
仍在墨色里闪耀,一排倒挂下来的湖笔
用全部的留白和我们说话,用标枪般的毫尖
告诉我们,柔情与决绝的技艺,枯墨中暗涌的泉孔

金钱豹词典

一只,两只,三只…… 抑或更多? 集体的越界
在一个魔幻数列中搅动哑寂的本土
如咖啡里的冰屑,让萌出的乳牙与邈远的收益发痒
而各路目击者的讲述,并未让豹子变得更具体
那仅仅是一道豹斑在密林深处的一闪
我们不可能看到豹的整体,因为鲜艳的条纹服
几乎接近于最高虚构,一个迷雾中的传说
有着诸多彼此抵牾的版本,甚至热成像无人机

捕获的也只是其中一个替身,麻醉枪的沮丧
见证了从平地向丘陵地带的缓慢过渡
动物园一度否认了幼豹的出逃,就像个别段落
不一定存在大意,而新闻稿的语速总是低于
豹子奔跑的速度,豹变学院受潮的火药
等待被豹子的伤口烘干。豹子在灌木丛后面
远远地看着你,这幽暗的斑斓刚刚诞生于
一道闪电的受孕,它将独自去发明,并且承受
一种无名的灿烂,柔韧的腰线起伏连绵
像一根金质拉链锁紧人类猎奇的视线
猫科动物的音步,消失于自然的消音器
连同栅栏,铁链,投喂的鸡肉,濒危的信任
一座迅捷移动的银行,让我们来不及点数
这些过于耀眼的钱币,因此豹子确实有资格嘲笑
我们的贫困,以及被一再挪用的豹子胆
更多时候,豹子是一把尺子,替我们丈量
抵达玫瑰的路程,而在豹皮的古老地图上绘制

万物之间的等高线,需要的是怜悯,还是咒语?

与病中友人交谈

老式挂钟在你头顶的墙壁上嘀嗒作响
时间的脚步仍然不徐不疾
这像是一个隐喻,仿佛你使用过的那些标点
开始服从于一种更加严峻的纪律
齿轮轻轻咬啮,松动的发条被重新拧紧
但钟表内部的黑暗至今无人知晓
记忆断裂之处,一座词语搭建的桥梁刚刚竣工
在我们的交谈中,客厅寂静
只有阳台上洗衣机滚筒转动的声音相伴
这接近于词与词的搓揉,意义
在反复的摩擦中产生看不见的静电
时针和分针相剪了一次,恍惚中
有无数个你在表盘里来回走动

从昨天的你,到今天的你
恰好是从火热的夏季,到肃杀的秋天
你似乎一直在走,缓慢、纯粹
暗合着你身体里那只豹子钝重的步履
你说你的记忆已遭到严重损毁
就像一次清零,只记得那些遥远的事物
你说的是史前的猛犸和恐龙吗
那个未曾被损毁的世界?
而对于肉身的健康,你仍有不服输般小小的不屑
仿佛一个被俘之人对枷锁的鄙夷
墙上挂着的三幅装饰画里,四只小海螺缄默
似乎我们是坐在大海寂静的底部
使用着贝类动物的语言,谈论你的病情
如谈论这座小城一个正在施工的现场
听你的口气,好像明天就可以把那些脚手架拆掉
一支粗壮的笔好像明天就要回到食指和拇指之间
尽管你的手指仍然在微微颤抖

自始至终,你像一只受难的钟坐在那里
在冗长的嘀嗒声中接受时间的审讯
“按摩椅,还是行刑的电椅?”
这样的提问多少有点残忍
但你可以暂时不交出那份关于诗的供词
至少现在,你可以在一个被动句里学习与自己和解
正如缓慢是你需要接受的唯一的时间

2024年度储吉旺文学奖·优秀作品奖

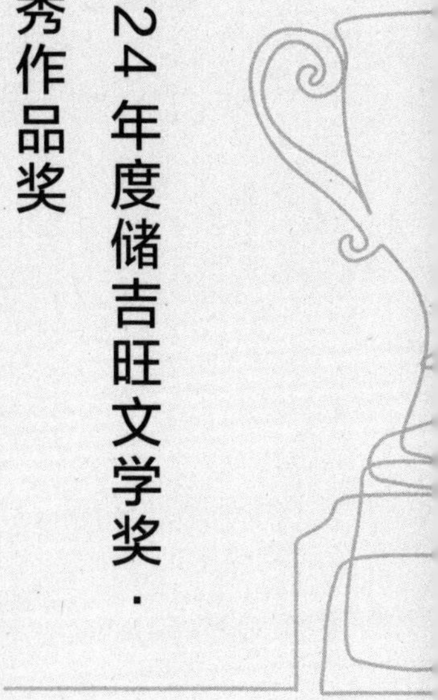

军垦往事

谢志强

1. 沙尘

听见妈妈的房间传来响声，夜已深，我不知道是什么时间。我走进妈妈的房间，突然，妈妈抱住我的腿，说：起沙暴了。

妈妈坐在地上。我拽了一下灯绳，说：妈，你咋不开灯？

爸爸离休前已病逝。本来，我打算等妈妈退休后送她回山东的老家，可是，她像突然失去了记忆——不认识人了，包括我。妈妈时不时地提出要回家。是回山东老家，是去十三连陪爸爸（农场称坟地为十三连），还是去当年垦荒时住的地窝子？

我抱起妈妈，把她放到床上，说：这里就是你的家。

妈妈说：你找谁？

我报了自己的乳名，妈妈像起了沙暴时抱住树干那样，抓住我的胳膊，说：我要回家。

妈妈的记忆，仿佛被沙尘遮蔽了。我进来的那一刻，妈妈可能把我当成一棵胡杨树了。

我的记忆穿过时间的沙土，回到我的童年。现在的绿洲，那时还是荒漠，生长着千年的胡杨树。有一天，我跑出地窝子，玩沙子，玩得忘了时间，天一暗，沙暴遮天蔽日。

妈妈找着我的时候，沙子像厚厚的被子盖住了我，只露出往外拱的脑袋和瞎晃的胳膊。回到地窝子，妈妈告诉我该怎么对待沙暴。

妈妈示范她自己是棵树，要我抱住她，说：找着一棵胡杨树，抱着，紧紧地抱着，千万别松手，不让风刮走你，就这样抱着、抱着。

我紧紧地抱着妈妈。妈妈继续说：连部有一棵很粗很大的胡杨树，树顶有一面红旗，离家远了，你就瞅准那红红的一点，迎着红旗走，红旗下边就是连部。

连队有个叔叔，收工后走反了方向，进了沙漠，找回来之后，爸爸出了个主意，在胡杨树上挂上了红旗。

我每次出去玩耍，都不让红旗离开我的视野。不过，爸爸妈妈垦荒，总是把我反锁在地窝子里，我只能在地窝子里活动。我听说，有的大人还把小孩系在床档上，像用缰绳拴着马一样。

爸爸收工了，我就像鸟飞出笼子，他叮嘱我不要跑远了，等到妈妈回来就开饭。

妈妈常常天黑下来了才回来，好像把沙漠也带了进来。

我记忆的容器里灌满了沙土，天上飞舞的，地上流动的，身上黏附的，净是沙土。

所有的拖拉机都集中在机耕队。斯大林80号履带式，先打荒，后耕地。两台拖拉机并行打荒，后边拉着大杠子，横扫大片的梭梭、红柳、碱草，然后，再翻耕。打荒、耕地，会掀起沙土,遍地冒烟,所有的人浑身是沙土,连模样也看不出了。

妈妈是农场第一代女拖拉机手。她个子那么小,拖拉机那么大。她的短发都塞在帽子里边。地窝子里吊着的一盏马灯,像瞌睡得睁不开眼。那个傍晚,沙漠吹来的风,仿佛要把沙子倒过来。

我以为又是一个人走错了门,因为外表看地窝子都差不多,跟重复的沙丘那样,我也进错过门。

我问:你找谁?

她说:就找你。

我听出是妈妈的声音,就扑上去,抱树一样要抱住妈妈。

妈妈让过我,说:先别抱。

我扑了个空。

妈妈摘掉帽子,拍打着自己,起沙暴一样,妈妈浑身上下飞扬着沙土。

我说:妈妈,你起火冒烟了。

随着沙土散发开去，渐渐显露出妈妈的模样，齐耳的短发，土黄的军装。我闻到拖拉机的气味。

妈妈说：让我洗一洗。

我往桌子上摆碗筷，念叨：这是妈妈的，这是爸爸的，这是我的。

妈妈从布帘子后边出来，已换了身衣服，一身的水汽含着肥皂、机油的味道。妈妈张开双臂，说：这下好了。

我像坐在树杈上一样，偎在妈妈的怀里。

此刻，我想起，一片枯了的胡杨林，树的颜色跟沙的颜色差不多了，引来了水，水在沙地上跑，树好像睡醒了那样，爆出嫩嫩的绿芽，活了。妈妈的头发白了，可是，我记得她洗过的头发，黑黑的，柔柔的，像流下的一帘水。

记忆已尘埃落定。我给妈妈盖好被子，哄她说：现在，你就在你的家，睡吧！你要起来，就叫我一声；你要起来，就拉亮灯。

我关了灯。黑暗中传来妈妈轻轻的声音：起沙暴了。睁着眼，我的卧室沉浸在浓重的夜色里。闭上眼，我看到一个迷失的小男孩，在弥漫的沙土里，像做游戏蒙着眼那样，张开手臂，小心摸索。终于，他摸着一棵树。抱着，他紧紧地抱着，沙粒击打着他。然后，风停沙落，他发现自己紧紧地抱着的是妈妈。

2. 目光之路

父亲站在绿洲上，望着沙漠。父亲进过沙漠，儿子没出过绿洲。父亲立着不动，儿子在奔跑。儿子朝父亲遥望的方向奔跑。父亲的目光像一条路。

父亲的脚下有一条机耕路，他的目光起初跟随着或护送着儿子的背影。机耕路在远处——绿洲的尽头，路两旁平行的边仿佛汇成一个交点，然后消失或中止在沙漠里。父亲的目光像一条路，和机耕路重叠，但他的目光超过儿子的身影，率先到达了绿洲的尽头——那个交点，再往前，就是一条地平线。

儿子沿着机耕路奔跑。父亲只看见一个点，在逐渐缩小的一个点，已经完全看不出儿子奔跑的姿势。那个点所引起的浮尘——机耕路上干燥的泥土像在冒烟，模糊了那个移动的点。那个点几乎融入绿洲尽头的交点。

父亲凝视着，他觉得自己的目光就是一条路，儿子沿着他目光的路移动，等到那个点消失了，像一粒沙落入了沙漠。机耕路恢复平静，路的右边是林带，路的左边是稻田。沙漠吹来的风鼓动着金黄色的稻穗，像波浪涌动。有一群麻雀在稻浪中飞，仿佛在选择缝隙钻下去。

有一次，儿子对父亲说：我把星星看下来了。

夜晚，儿子爬上连队马厩的苜蓿垛顶（儿子称那是苜蓿山，农场最高的地方。他发现，秋天，苜蓿山达到了一年中的最高高度，可是，过了冬，山就矮下来了，山被牲口吃下去了）。儿子仰望夜空，数星星。他数不清，就盯着一颗星星。望着望着，那颗星星沿着他目光的轨迹滑下来，就如同他从苜蓿山上滑下来。星星几乎挨近他的瞳孔，像是要溜进来那样。在那奇迹般的瞬间，可能是眼睛累了，也可能是异物即将闯入，他本能地眨了一下眼。本来已经把星星看下来了，可是，眨眼的工夫，星星又回到了天上。他说：星星沿着我目光铺的路滑下来了，我把星星看下来了。

那是一条垂直的路。不过，父亲的目光贴着机耕路，是平直的路。他的目光看不到具体的沙漠，大小、颜色都一样的沙粒组成的沙漠。可是，他想象着曾涉足的沙漠。他讲过几个沙漠的故事，用危险的故事阻止儿子进沙漠。

三天前，父亲听连队的一个小男孩讲起儿子的秘密。儿子打算进沙漠，去证实一个梦。儿子做了个梦，告诉同学，他把沙漠梦绿了。梦中，太阳像散了黄的鸡蛋。

儿子描述梦中的景象，他爬上了一个沙丘，沙丘上有一丛红柳，他又热又渴，他冲着红柳丛尿了一泡尿，红柳似乎被唤醒了。突然，红柳像喷泉，柳条如水线，像憋了很久，憋不住了，喷到哪儿，哪儿就绿，而且，绿色洇开。他喊：我把沙漠梦绿了。

儿子向同学炫耀：我的一泡尿多么伟大呀！老师说：用词不当，伟大不能随便用。

父亲发现了儿子准备行动的证据：水壶、馒头。他没收了物品，说：小孩能把沙漠梦绿了，那还用得着大人辛辛苦苦垦荒吗？

于是，这个礼拜天，父亲陪着儿子来到机耕路，先在绿洲里演习奔跑：我看着你跑，跑够了，你就回来。

机耕路的尽头，有一条防沙林，那是绿洲和沙漠的界线。这小子真能跑。父亲赶到防沙林，看不出儿子的足迹。林带东边，就是沙漠。

有一次，下雨，父亲去学校接儿子，还没下课。父亲在教室的窗外，看见老师在写板书，讲了一会儿，就擦黑板。现在，他踏上了沙漠，风显得仓促，沙子像流水。他知道：沙漠在用自己的方式消除留在它上面的陌生的痕迹，好像什么都没发生过。

远远近近的沙丘，保持着静止的模样，仿佛在说：你儿子没来过。那一刻，他的目光忙乱起来，希望发现一片绿色，证实有一片沙漠被儿子梦绿了。

满目黄沙——死亡的颜色。一连数天，过去的战友、儿子的同学，一起寻找、呼唤。他期望，半夜门开（没顶门），一股沙漠的味道裹着儿子归来——沙漠把儿子还回来了。老师传来话：他儿子的座位还空着。

就这样，那么好的天气，父亲把儿子看丢了。父亲的目光像太阳，儿子一定是朝着太阳升起的方向奔跑。

父亲给儿子讲过早年垦荒时期的故事：连队突然来了一个小男孩。当时，都是清一色的男人，小男孩愿意跟他睡一个地窝子。夏日，小男孩身上总有一股凉意。小男孩总是失踪——被子空了。他发现，小男孩朝着沙漠奔跑。不过，太阳即将升起的时候，小男孩会准时返回地窝子。

有一个夜晚，他悄悄地跟踪小男孩。小男孩在沙漠里尿尿。大概察觉了动静，回头看见了他，小男孩愣住了——他维护着自己的秘密，秘密暴露，小男孩融化了。他像一个雪人那样，融化的水流在沙地上，沙地出现了一个泉。那时，遥远的地平线上，火轮一般的太阳升起。

连队里传说，那是个雪孩。儿子说：我要去看看雪孩尿尿的地方。父亲说：别说一泡尿，连雪孩也让沙漠给吃掉了。儿子说：我不信。父亲说：就像你的老师擦掉黑板上的粉笔字一样。

儿子说：爸爸，你说的雪孩就是我吧？父亲说：那时，你还没出生呢！

儿子追问：雪孩做不做梦？父亲摇头说：那我咋知道！

儿子说：大人就是不在乎小孩的梦。

父亲每天早晨日出之前，站在机耕路上，望着沙漠的地平线，想象儿子望着星空，希望看见路的尽头跳出一个点，那个点沿着他目光的路，渐渐变大，然后，儿子起劲地甩动双臂，像张开翅膀飞过来。有时，一群羊（他多么希望，儿子是赶羊的小羊倌）像湿柴燃烧，掀起沙尘，过后，尘埃落空，留下一条空旷的路。

3. 扁担

张明亮娶上老婆不久，收工了，回家特别积极，而且，还顺便挑一担柴火。这一点，跟还没结婚的职工有了区别。他扛两样工具，除了坎土曼，还多了"一杆枪"——扁担。

那是1956年秋，胡杨树翻动着金黄的叶子，芦苇到处飞着芦花，这是连队新开荒的第一个秋天，边开垦荒地，边放水压碱——这片人迹罕至的处女地，盐碱含量多（张明亮说：重）。

张明亮当过侦察员。连长指定他为放水班班长。他们要赶在入冬前放好两遍水。十多名班员，只有他一个人娶了老婆。人休息水不停，白天黑夜，两班轮换。

张明亮放夜水。夜水难放。他喜欢听夜间的水在荒地里流淌的声音，土地发出吃水的声音好像一个汉子穿越沙漠，来到泉水边。

一天深夜，张明亮发现，渠沟的水像桶往缸倒水，发出哗啦啦的响声，地埂子也开了口子，可是，地里不见水铺展开。明明一股水往地里流，地里却不见水。他顺着水察看，一脚踩空，像落入陷阱。扑通，他掉进一个地洞里，像被什么拽了下去那样。

很快，淤泥漫过了胸脯，他试图抓住一个东西，哪怕是芦苇。他的手挨近泥土，泥土就糊塌。饱含着水的泥土软了，顺流往他周围填灌。他的脚也踩不实，仿佛洞有吸力，把他往下吸。

他大喊：跑水了……跑水了……跑水了！

条田按标准的规划，长一千米，宽五百米。每人放一条毛渠的水。

垦荒初期，张明亮还迷过路。月亮升起的时候收工，他却走反了方向，进入了沙漠，是连长骑着马、拎着马灯找到了他。他望着那一点光亮，忽高忽低。他知道，摔倒了，灯就灭了。一点光放大了，他撑着不动，动了洞口就扩大。然后，看见一点光苗背后的身影——拎着一盏马灯的放水员。

放水员说：咋钻进地里去了？

张明亮说：不能靠近，你把渠埂子上的扁担递过来。

渠埂上插着一根扁担，是胡杨木扁担。

张明亮接过扁担，把扁担横在洞口，像练单杠一样，双手握着，慢慢地向上引身，简直是在跟土地较劲，抽出了身体，翻了个滚。然后，放水员将马灯系在扁担的一端，挑着，探近洞口。

放水员说：这地下，空了？胃口这么大，喝不饱？

张明亮说：这个洞，不要说我俩，恐怕一个班掉下去，也不够它吃。

天一亮，连长赶到现场，看到洞像张嘴，渴了千年，渠里的水急急地往里灌，还是喝不够。这就是盐碱地的奇迹，流沙加盐碱，遇水就沉陷。苏联专家皮斯拉夫斯基·莫奇科连科下过结论：这片土地不适合种庄稼。连长说：放水，差一点把命放掉，得采取防范措施。

张明亮说：一根扁担，多种用途。连长，我建议，给放水班每人发一根扁担，夜晚放水，腰里横着绑上扁担。

大家笑了，因为这是娶了老婆的标志——开小灶，用柴火。那个救他的放水员说：没娶老婆，也要带这家伙？别人还以为我跟你一样，娶上老婆了呢！

第二天，张明亮就闹了个笑话。天刚亮，他交了班。瞌睡袭来，他脑袋里只放了一张床。床上的老婆可能已经醒了。

他急切地往下走，像是走向地面的深处——地窝子的门，在地平线下边。他敲了三下门。

“吱”的一声门响，老婆在门里笑。地窝子里点着煤油灯，照亮了桌子，几个馒头在冒热气。

隔着门槛，张明亮伸出双手，做出拥抱的姿势（每当下班，班里的同志会说：回家抱老婆睡觉了）。

老婆笑着等待，总是这样，等待他上前抱她（往常还提醒他：关上门）。笑像花儿静静地绽开一样。

可是，张明亮张开双臂，身体却被扁担卡在门框外了。他以为班员悄悄地尾随，来搞恶作剧。

他忽然冒出家乡话：哪个鳖孙儿拽住我呀，逗人也不分个时间？

她顿时笑出了声，还笑得弯了腰，说：腰里横个扁担，咋进？

他察觉到了扁担，收回手，分别握着扁担的两边，像陷入洞里那样，要撑起身体。

她上前帮他解扁担。他说：你的笑声像渠水。

关门,熄灯,只听见笑声。他俩抓紧时间“造”娃娃。

过了冬,遍地麦苗,绿茵茵的。苏联专家皮斯拉夫斯基·莫奇科连科来视察,跷起大拇指,说:哈拉索。他远远地望见引水渠堤上的张明亮,腰里别着一根扁担,疑惑地问连长:那是什么武器?

陪同的连长向张明亮招手。

张明亮走过来,一个人,腰间一横,是个汉字:大。有个班员来了一句玩笑,说:下边有一点,就是太,比大还要大。苏联专家竖起了大拇指:奥庆哈拉索(很好)。

4. 像星星那样的眼睛

莫显亮娶上老婆,是沾了吊桶澡堂的光。他得意地说:洗澡洗到了个媳妇。

莫显亮打起仗来,精神抖擞,眼睛发亮。不过,和平年代垦荒,他像没睡醒,眼睛整天迷迷瞪瞪。大家就叫他“不嫌亮”。也难怪,部队里绝大部分是男人。他已经三十有三了。

1952年初夏，团里来了一批女兵。有的分到连队，还有一个班的女兵留在团部。莫显亮的眼神仿佛是点亮了的油灯，但油不多。因为，有两点他很明确。一是自己级别还不够。他是警卫排排长，按规定，先要满足团、营干部的选择，那么，还轮不上他。二是自己长相不咋样，相貌比年龄老多了，而且皮肤粗糙。按他自己的说法：不够亮。女人如同天上的星星，只能望，够不上。

女兵来了，提出要洗澡。团长就安排了澡堂，临时腾出了一个军械仓库，稍事改造——土坯房，不足十平方米，房顶有个横梁，梁中间悬挂起一个帆布水桶，桶底开了个小洞，小洞接了根帆布缝的管子，布管子末端有个铁夹子，铁夹子用来调节水量。

他们还从山里采来了石片，石片铺成个盘子状的凹形，四边高，中间低，洗澡水从中间的漏孔流向房外的小渠沟。大家都称那是吊桶澡堂。

所有人都投入垦荒，不设专人管理澡堂。起初三天专供女兵洗澡。随后，团长口头规定：逢单日男，逢双日女，轮流洗澡，讲究卫生。每个女兵洗澡，时间自觉地控制在半小时之内。男兵洗澡时间为一刻钟。莫显亮发牢骚了，为啥不平等？团长说：不来女兵，咋有澡堂？你沾了女兵的光。

洗澡了，水也要自己准备。澡堂挨着伙房，谁要洗澡，就上伙房拎一木桶水，倒入帆布吊桶。澡堂的门（铁皮包木门）上有块木牌，进出要翻牌，牌子一面写着“有人”，另一面写着“无人”。

莫显亮第一次洗澡，打了肥皂，淋着热水，澡堂里弥漫着热气，仿佛在云里雾里。像侦察那样，吸鼻子，闻气味，他就想，他站着的地方，也站过女人。不管穿什么衣服，进来了都一样，一丝不挂。而且，洗了澡，像换了个人，垦荒一天的疲劳都被冲掉了。还有，借着吊着的马灯的光，能看见身上曾经在战斗中挂的花，仿佛浇了水，一朵朵花开了。

每天垦荒，莫显亮望着沙漠的西边，太阳落入地平线，仿佛也跳进他看不见的水里，他有了特别的盼头：洗个澡，多舒坦。

有一天傍晚，他扛着坎土曼，直奔澡堂，仿佛是腿不知不觉地带着他到了澡堂，牌子亮着：无人。他上伙房拎了一桶水——蒸馒头的水。他拎着一桶热水进去，顿时一愣，水桶脱离了手，跌地，翻倒。

一屋子的热气，热气里，朦朦胧胧中有一个丰满的身体。他还听见一声惊叫，有亮亮的眼睛，像星星。他望过沙漠夜空中的星星，星星会顺着他的目光滑下来。

莫显亮转身，跑回地窝子。他忘了饿，不敢上伙房打饭。不出半个小时，团长喊他："不嫌亮"，你给我出来！

他来到百米远的一棵胡杨树下。树上有一面旗在飘，那是为避免迷失方向挂出的旗。他想象着旗帜的红色。四下里，夜色包抄过来。

团长是个老红军，说：当年三大纪律八项注意，有一条，不许看女人洗澡，今天是啥日子？

莫显亮顿时记起，说：逢双。

团长说：你明知故犯，逢双还往里边钻？

莫显亮说：我这腿……我向她赔礼道歉？

团长说：不是赔个礼、道个歉，就能过关。

莫显亮当过团长的警卫员，说：我违反了纪律，甘愿受罚。可是，我没看清 …… 洗澡。

团长说：不嫌亮？你还要咋看？现在，人家认为你看到了，一个大姑娘，脸往哪里放？

莫显亮慌了，说：团长，你要我咋样？她要我咋样？要我跪下赔礼也行。

团长说：你看了，就把人家娶了。

莫显亮不响，抬头望着天上的星星，像在寻找什么。

团长说：人家哭了，二十多岁，还是第一次被别的男人看 …… 她家乡有个习俗，黄花闺女，被哪个男人看了，就嫁给哪个男人。

莫显亮说：我老实交代，我看是看了，只是没看清。

团长说：没出息，我要你表个态，不能把事情闹大了。

仿佛有星星落在地上，莫显亮看着一点一点的亮，那是地窝子遁出的光，他笑出了声，说：我娶，我娶。

团长说：什么光照着你了？让你捡了个大便宜。

莫显亮突然问：团长，门上挂的牌子，咋是“没人”?!

团长说：人家忘了翻牌，让你钻了空子。

莫显亮跟着团长走，咧着嘴笑，不出声，却嘀咕：我这腿，那个牌，凑巧了，洗澡洗到了媳妇。他忽然想，要娶媳妇了，还不知道媳妇的长相。他使劲想，只是一双眼，像两颗闪烁的星星，那么远，又那么近。

5. 反复

孩子一旦出了错，我就特别能讲。

我初中毕业，1951年在湖南参军进新疆。老头子——我的丈夫，1943年在山西参军，1949年随王震将军进新疆。1953年9月，我和他结婚。我们那一批女兵的经历大致差不多。我生了两男两女，有一个儿子死了。当时，老头子是团里的副政委，养孩子的任务由我承担。

还是说孩子的事吧！我这个人，眼里容不得沙子。说孩子出错，大多也不算什么错。尤其是男孩，怎么能不淘气呢？我不娇宠孩子，而且比较严厉，但从来不打孩子。

老头子没时间，那么，我来管。我按自己的想法管教孩子。我在外边不大说话，在家，都是我的话。儿子说：妈，你就少啰唆些吧！我说：我不说，你还不掀了天？

其实，也没大不了的事情。比如，儿子挑食——不吃芹菜。我就不烧别的菜，顿顿芹菜，无从选择。炒芹菜、凉拌芹菜、芹菜丝、芹菜片……变着花样，总不能吃白饭吧？而且，边做边说，套用老头子的工作方法：年年讲，月月讲，天天讲。当然，家里不搞阶级斗争，目的只是让他不挑食。儿子坐在饭桌前，一副无可奈何的样子，说：又是芹菜。

我反复讲芹菜的好处：它富含维生素，成长不能缺……儿子终于改掉了挑食的毛病。他说：你这样说，我简直也要变成芹菜了。

两个女儿很乖，我做什么，她们就吃什么。有时，她们还以实际行动表示味道不错。我趁机说：妈妈不嫌辛苦，只是希望你们身体健康，你们表扬一下，我的积极性就更高了。

儿子还讨厌豆腐。我如法炮制，连续几天，炖、煎、拌，还有麻辣，做了，还讲，讲豆腐的营养价值。还背地里串联两个女儿，按照我的统一口径，帮我做她们哥哥的“思想工作”。

儿子说：豆腐嫩，可是，我的耳朵起老茧了。

我进一步发挥，把豆腐的好处提到一定的高度，关于健康成长，关系适应社会。

儿子说：你把爸爸说的那一套，也引进家里来了。

我说：又没打你，还不能让我讲？

儿子说：你没完没了地讲，比打还难受。

我说：你不挑食，我就不多讲了。

儿子做了个投降的姿势，大口吃豆腐。

我们都笑了。这一家，已经习惯了当副政委的父亲不回来吃饭，他总是在团部食堂用餐。

有时，我对儿子说：听不听是你们的事儿，讲不讲是我的事儿。两个女儿会带头鼓掌。儿子给我使劲鼓掌。我说：什么意思？

女儿们异口同声地说：妈妈比我们的老师还会讲。我说：看来，你们的哥哥还有抵触情绪。儿子说：妈，你又不是我肚子里的蛔虫，我已经投降了，你还不优待？爸爸在战场上就优待俘虏。

挑食，算不上错误。偶尔，儿子也犯错。有一天，放学后，小女儿悄悄告诉我：妈，哥干了坏事，被老师罚站了。

儿子在团部打包车间捡了一截扎棉花包的铁丝，做了一把弹弓。上课时，窗外的树上停了一只麻雀，儿子说：麻雀属于“四害”，是庄稼的敌人。

我只是让儿子站在我的面前，要他像练习队列一样站直了——战士那样。我说：课堂有课堂的纪律。我说：加强纪律性，革命无不胜。儿子瞅瞅我，知道我又到“开讲时光”，他嘟哝道：我只是做做射击的样子，没真的射击。

于是，我由扎棉花包的铁丝，讲到了棉花种植、收获的整个过程及农场生产的长绒棉的用途，还有棉花进了打包车间脱籽、打包的加工流程。一直讲得儿子流出眼泪，然后，哭出声——泣不成声。

儿子说：妈，你别讲了，就算我错了，以后上课注意力集中。

我说：只是就算？到底错没错！犯了错误不要紧，首先要认识错误。

儿子抹抹眼泪，说：妈，我错了，你别讲了。

那顿晚饭，儿子大口大口地吃芹菜，不吃别的菜（萝卜、西葫芦）。我知道，这是儿子在表明一种态度（我从来不让他写保证书）：保证听妈妈的话。

三天后，一个礼拜天，儿子跟我去捡柴火——枯残的树枝。我很高兴，说：能帮妈妈干活了。

儿子的额头冒着一层闪亮的汗珠，他骑在柴火上勒绳子。他没笑，突然他说：妈，你像唐僧。

我一愣，说：那……你像谁？

儿子做个腾云驾雾的动作，还将手遮在眉睫上远望，说：我嘛，孙悟空。

我说：唐僧带领徒弟西天取经，也讲究组织纪律。

儿子说：妈，你又来那一套了，你知道孙悟空为啥怕唐僧吗？

我知道儿子在设圈套。我笑了。

儿子说：唐僧一念紧箍咒，就让孙悟空受不了。

我说：不反复给你念，你就会大闹天宫了呀！

儿子说：妈，现在我可是什么错也没有，你可不要又念起来了。

我笑了，说：我也控制不住这张嘴，见了你，就想说，不对儿子说，妈对谁说？

儿子做了个投降的姿势，指着树，说：你就使劲对它们说吧。

林子里弥漫着沙枣花的香味，花和叶的里面，突然，麻雀叽叽喳喳地叫了起来。

6. 吼叫

你用这种目光瞅着我。我知道你心里想个啥。一个老太婆抽烟，还是莫合烟。姑娘，你别笑，我就是在你这般年纪的时候学会了抽莫合烟。这是老爷们抽的东西，却让我抽上了。

1952年，新疆的部队来我们山东招女兵，说是种地要用拖拉机。我没见过拖拉机，就是想开拖拉机。火车通到西安，换乘汽车，前前后后，走了四十多天，到了塔克拉玛干边缘。到处是戈壁荒滩，没看见拖拉机的影子。

赵连长说：现在盼望，将来会有。

地窝子里，一排地铺。到处是沙漠，说不出是什么气味，干燥，难闻。起风了，沙漠像倾倒过来，漫天黄沙，白天跟黑夜一样。我希望听到拖拉机的声音，却确定不了它具体的样子，反正有轮子有烟囱。

发给一把坎土曼，早出晚归，两头不见太阳，只是垦荒。手上磨出血泡，血泡结了茧子，掉一层又长一层。有一次，听说来了一台拖拉机，同来的十几个女兵相互招呼，朝一个方向跑。跑不动了，就走；走不动了，就陆陆续续地，一个一个中途返回驻地。

过后，我才知道，其实团部有一台拖拉机，只是没到我们连队来过。那消息，经过无数的嘴巴和耳朵传来传去，成了拖拉机开到我们连队垦荒的地方了。

只剩下我还不甘心，一定要看见它，哪怕看一眼也好，还要摸一摸。我注意起地面，拖拉机开过，应当会留下印痕。遍地沙子，我想，风把轮子的印子给抹去了，沙漠总是将自己身上的别的痕迹不露声色地擦掉，当然得有风的相助。

连队的驻地早已看不见了，我遇上骑毛驴的人，就向他打听。他说，几天前在团部见过拖拉机，指了个方向。我以为它刚从这里开走，继续走，太阳西斜了。拖拉机肯定比我跑得快。终于，我在沙包之间的一条路上（毛驴车走得多了，便成了路），一下子发现了宽宽的轮子的辙痕，像印着花纹的带子铺在地上，伸向远方。

回到连队，天已经黑了。连长正准备骑马找我，他没批评我，只说：伙房给你留着饭。

姐妹们问我拖拉机长得什么样子。我就比画着车辙，好像描述印花布裁剪的长布条。我只能通过车辙想象实体。

第二天，赵连长通知我：你那么喜欢拖拉机，团里给我们连队分了一台,你们三个人去接,走着去,开回来。

一男二女。男的姓罗,是班长。据说,他不久前已经接受过培训开拖拉机。我想,接拖拉机回来的路上,跟他学怎么开。

可是,拖拉机开到半路,突然,吐了几口烟,吼了几声,熄火了,折腾了好一阵,也不响。我拍它,它不响,不像家乡的牛拍了会叫。那天下大雪,四下里都是白色。

一个人回去报信,遇上狼咋办?两个人留下,也危险。索性一起守护着拖拉机。想取暖,没柴火。难道要冻死在荒野里吗?

罗班长是战争年代过来的老兵,他带着我们围着拖拉机转圈,像瞅老家磨房坊要赖的毛驴。我俩走不动了,他拽着我们走。他说:进新疆前,翻祁连山,有战友停下来,就冻死了。我们不敢停下脚步。他不停地跟我们说话,还鼓励我们说话。我们围着拖拉机,走了一夜。天亮了,有一个进沙漠挖红柳根的老乡发现了我们,他用毛驴车把我们拉到团部卫生院。我的脚已经肿得脱不下鞋了。

三天后，回到连队，我就跟罗班长学习开拖拉机。垦荒的那一片沙漠，有片生长了几百年的芦苇滩。地下的根又密又深，盘根错节，犁起来，拖拉机使劲地吼叫，不那样吼叫，好像犁不开。后边有人捡芦根。

赵连长要求，拖拉机不能停，人可以轮班倒。车二十四小时不停，我们两人一组，十二小时换班。我已经能独自操作拖拉机了。

开始，我还闻不惯罗班长身上的烟味。可是，晚上开车容易打瞌睡。那时，只想换下班，倒头就睡。怕出事，就接受了罗班长的莫合烟，他说：抽了，提神，拖拉机就不会乱跑。

第一支莫合烟，呛得我鼻涕、眼泪直流。那一团烟，仿佛是固体，含在嘴里，还刮嗓子。渐渐地，我能咽下去了，果然，提起了精神。我很快学会了卷莫合烟，我们叫卷喇叭筒，一吸一吐，好像吹冲锋号一样，拖拉机也跟着吼叫。别看它是个大铁家伙，到了我手里，它很乖。

后来，我开链轨拖拉机，苏联进口的斯大林80号。再后来，换成了国产的东方红54型。后来身体垮了，组织上照顾我，让我当了幼儿园园长。我几次戒烟都戒不掉。我带领孩子们看拖拉机。其实，我一天不看拖拉机，心里就失落。趁人不注意，我也会对着田野吼两嗓子。

常常熬夜开车，我慢慢有了烟瘾。当时，只有莫合烟。现在，老伴叫我换有牌子的香烟，我也抽不惯，太淡，没劲。我的老伴，就是罗班长。后来，他当了连长。说句笑话，我和他一起生活，我爱干净，一定要他洗过澡才能上床。上了床，动作也像开拖拉机。有一次，他说：你把我当成拖拉机了。我说：你打呼噜像拖拉机吼叫。他说：没我吼叫，你还睡不踏实呢！

确实，我帮他擦背，动作很像清洗拖拉机。我怀念驾驶拖拉机的岁月，下了班，我再累也会先把拖拉机擦洗干净。我记得东方红，一个班开下来，蒙上了灰尘，一洗一擦，还原了红色的车身，就像东方红日升。现在，我再也听不到开垦荒原时的那种吼叫了，犁过了多少遍，地好犁了。

7. 跳舞

我被留在师部，同一批女兵都分下去了。过了一天，我就急了，怎么还不明确我要去哪儿呢？其实，我毫无准备——婚姻问题正向我迫近。

几个月前，也就是1951年1月，我报名参军，年仅17岁，一同出发的女兵，上车时哭了，我不让家里人送行，也没流泪。现在，一个人待在师部，我流泪了——周围净是戈壁荒滩，我想母亲了。

我听见叩门声（在师部接待站），连忙擦干泪水。是师政治部宣传科的赵科长，后边跟着一个干部模样的年轻军人刘干事。

我认识赵科长，他曾到湖南长沙征召女兵，并一路带队、护送。我记得过了兰州，他叫卡车停下，说要我们上山去看一看。爬上山，山上有个洞，洞里有佛像，又高又大。我抬头望，帽子掉下。他笑着替我捡起，还抖了抖沙土。佛像的手掌很大，我说：可以站在掌上跳舞呢！

赵科长说：坐呀！我让开床，屋里没凳子。我们并排坐了，刘干事站着，我让，他说：我站惯了，你们坐。赵科长先是笑眯眯的（我一下子想到他替我捡军帽时的笑，也是这样笑眯眯的，像吃了蜂蜜一样），然后说：今后，你想干啥？

我脱口说：跳舞。

他笑眯眯地说：会吗？跳一个试试。

我说：不会可以学呀！

他说：那就到宣传科吧！

那天，算是面试。师部办公用房紧张，我们三人在一个办公室。下班了，赵科长常常约我一起出去走一走。他是1938年入伍的老八路。渐渐地，我知道，他会织毛衣，用元宝针；他还会做面食，是当年在南泥湾人生产时学到的技能。所以，他说：人不是天生就会跳舞的，喜欢跳就跳，跳多了就会了。师部有时举行舞会，调剂生活。他组织，却不跳。他说：我喜欢看你跳舞。

有一次散步，赵科长突然说：咱们交个朋友吧！我听出了其中的意思，并不回应。他笑眯眯地看着我。后来，他开会，不在办公室，我就想他笑眯眯的样子。我愿意跟他一起散步（他的说法是“走一走”）。

1951年底，他要调走，去任团长。他说：跟我一起走吧！我同意了。一到团里，我俩就住进了地窝子——结婚了。地窝子里有老鼠，常钻进被窝。他灭了鼠，说：省得它们碍我们的事儿。

他比我大一轮生肖。大丈夫疼小媳妇，这是我娘说的话。有一天，我说：回到家里，别摆架子。他笑眯眯地上下打量自己，说：我有架子吗？我说：你一进来就坐下，等着吃现成饭，这里可不是招待所。

他笑眯眯地说：这叫摆架子？那就放下架子，我来擀面条。

我知道，他脑子里装着一个团，想着垦荒、种地。我说：还是我来做吧！

我迁就他的口味。我喜欢辣子，炒菜时，我尽量不放辣子。他总是拿出一碟油辣子，说：我也要慢慢跟上你的口味。

他有个坏习惯，晚上不洗脚。我定了个规矩：脚不洗干净，不准上床。上床前，他会笑眯眯地说：向你汇报，洗过脚了，这下子好了吧？我让出位置，却说：你别给我来这一套，得自觉养成习惯。

他除了抓生产，还组织了宣传队。他带我去看排练，考我，我把黑管猜成了笛子。我看宣传队跳舞，单位举办舞会，他会带宣传队来助兴，他自己不参加。我说：你自己不会跳，咋指挥别人跳？我教他，他的乐感良好，踩了我几次脚，一个晚上就会跳了。我说：这不是会了吗？他说：我也不知道，这么快就会跳了，还是你引导有方。

战争年代，他多次受过伤，内伤时常发作。1966年“文革”开始不久，他被打成“走资派”，挨斗、游街，身体垮了。三年后，他被调到师部，当了副师长，分管农业生产。大多数时间，他下农场。积累起来的劳累和伤痛终于爆发，1974年，他患尿毒症——走了。

他走的头三年，我每天下班，总是急匆匆地往家赶，好像有什么事要跟他商量。家里空荡荡的——床空了，我希望他躺在床上给我一个笑眯眯的表情。两个儿子已经参军了。当年一同参军进新疆的湘妹子说我这样下去，要闷出病来的。她给我介绍了一个男人，是团级干部。一见面，竟是老赵早先手下的刘干事。兜了那么大一个圈子，老来伴，我认命。何况，他堆出一个笑。在我的印象里，是他的第一个笑。我熟悉这种笑。因为那个笑，我的心软了。

我又开始跳舞了——在广场上，跟已经老了的湘妹子。我估计是老刘看不惯，有一天，他终于堵住门，说：又要去跳舞了？

他不会跳，不会笑，总是跟着我——看着。有一次，单位临时加班，给羊毛打包，回家晚了，他等着我烧饭。我冲了个澡（羊毛里有细菌），再做晚饭。

他拉长个脸，坐着说：你一回来，不管晚饭，洗什么澡？到底干啥去了？

我说：你闻一闻，还能干啥？理羊毛，放绒线。

他说：你别给我打马虎眼。

我说：老赵那么多年，也没这样对待过我；在老家，我爬树上房，我娘也不干涉。

他一下站起来，严肃地说：你用他来压制我？你可要弄清楚了，现在，我是你丈夫。

我的心又硬起来了。1983年，我们吵架后，我提出离婚。三年的婚姻生活，就这么结束了。我的两个儿子已经结了婚，又常来看我（之前，他们还接受不了老刘呢）。我成了广场老婆婆跳舞的组织者。广场像一个大大的掌心，我总觉得老赵在广场附近的某个地方，望着我们跳舞，笑眯眯地望着。我觉得我是跳给他看。弥留之际，他笑眯眯地说：好好活着，别亏待自己。

故乡与墓碑（组诗）

王单单

黑森林

阳光落在山中
最高的几棵千年古樟
撑开巨型树冠
承接了它的恩赐
接着是稍矮的榕树
栗树、榆树，以及
被雷劈掉一半的楠木

沐浴在它的养分里
最后才会照到那些
低处的植物。当然啦
只有林中漏下来的光斑
才会让最低的野草
东一丛西一丛地生长
不过,它们似乎已经很满足
互相纠缠着,匍匐着,牵挂着
挣扎着,维持森林该有的
幽深与磅礴
而那些常年没有阳光关照的
土地,光秃秃的
像一块块疤痕,大树
落下来的叶子,将它们盖上
时间久了,腐叶之下的泥土
变得肥沃,大树提前感知
暗地里,壮硕的根须

悄然伸了过来,继续侵入

继续长高,继续长粗

继续在空中拦下更多的阳光

而那些光秃秃的泥土,只能在枯叶下

年复一年地,接受覆盖

成为森林最柔软的地方

拯救故乡

和我们在城里生活了九年

七十岁的母亲,终于再次回到老家

分开这四个月,她总共给我

打过五个电话,分别是村里的

堂哥、三伯、大舅、高荣、发云

五人死的时候

故乡似乎成了前线,坚守阵地的人

随时都在牺牲,而通向它的路上

援军，唯有母亲孤身一人

葬花吟

家里养了多年的花
去年枯死后，我将
它的老根移出室内
埋在楼下的花园里
并在那儿，放了一块
石头，作为它的墓碑
但就在这个春天里
它却从石头底下
伸出一只稚嫩的小手
将一朵颤巍巍的花儿
递给仍然生活着的我的
这个世界

成人教育

送儿子上学的路上，必须经过
山海湾——昆明最贵的楼盘
门口站着无数临时工
等待雇主来挑选
以前这儿尚未开发
他们站在荒地上
就像待在自己家村口
现在他们满面风尘
站在精致的城市里
像一些无家可归的流浪者
我对儿子说
你如果不努力
以后就是他们中的一员
儿子回答：
“他们已经很努力了

不然谁会那么早

站在寒风里?”

回　响

房地产在中国已经发展很多年了

小区里的人们越来越老

经常会有炮仗噼里啪啦地响起

紧接着,一个人

被抬出,停放在小区门口

等待殡仪馆的车来拉走

一会儿后,小区恢复如常

几个不懂事的孩童

在草丛里找出散落的鞭炮

立在刚刚停放过人的位置上

嘣的一声炸响

好诗，或者潜艇

一个冲动的词

在平静中，突然向上蹿起

冰面上的裂缝，围绕着

刚刚被它撞击的点，瞬间朝

四面逃窜，紧接着

破碎声里，一首诗

露出黑色而又坚硬的背脊

站在它顶部的词

湿漉漉的，闪着耀眼的光

埋在水下的身体

逐渐显形

谁会想到，一首诗

于生活中经过，却有着

潜艇出海的力量

它掀起的排浪，足以

推倒你和我

竹林赋

古代就有的竹林，蓬勃于汉语的后山
每片叶子皆有青铜的质感
清风吹拂，摇晃出金属般的声响
每粒汉字，一经读出便是笋头破土
千百年来，竹林已成
有人独坐其中，弹琴、长啸
续接身体里的断弦，在失传的残谱上
练习绝唱。酒徒们最后一次进入竹林
将刑场变成舞台，躺在铡刀下打鼾
浑然不知，春梦已被劈成两截
像蛰伏在竹节里的黑暗，获得
光照之前，必先迎接斧头和伤口
在老去的国度，肉和竹林不可兼得

肉食者胖，竹子瘦，伐竹者精神矍铄

我曾看见竹林摇晃，像一团

无法浇灭的火焰，雨滴只有从叶尖上滑落

才能窃取清澈，成为阳光的载体

也曾亲眼目睹，有人脱胎

换骨于宣纸上的竹林，一日三餐

吞烟吃墨，枯坐于后世的空阔

许多人不知道，竹子有蛋

圆滚滚的，毛茸茸的

若被埋进土里，便会生生不息

多语症患者

他用脂肪筑城，自己端坐其中

身体的疆域在骨架上蔓延

他必须持续不断地说话，否则

高谈便会如一种水垢

填充他的肺腑，堵塞他的喉咙
他曾在车厢里忘我地阔论七小时
司机不胜其烦，刹车
因此散发出刺鼻的焦味
成堆的废话如障碍物
将同行者的道路逼进无尽的黑洞中
他曾宣称，早已打通任督二脉
睡着了，意念还会飘出窗外
替他说话。某些聚会
朋友们容忍他气急败坏地说话
他看起来意气风发，如若拒绝
便像一只不适的困兽，极力压抑着
说话的欲望。公园无人时
多语症患者独自练习与空气对峙
声音穿过河岸，柳枝摇动
两条恰巧游过的小鱼
翻着色如不白之冤的肚皮顺流而下

多语症患者越来越焦虑了

语言是存在之家,闭嘴意味着消失

某次宴会上,他刚开口

众人立即拂袖而去。此后不久

有人在诽谤厂的院子里见到他

他在搬弄是非,似乎很累

身体因为憋话形同一只蛤蟆

刚刚捏造的新鲜谎言,码在一排松树下

过些日子,会有不谙世事的小青年来此找他批发

在呈贡广场西侧

一些新来的劳动力

站在城市的街边

等待雇主的挑选。他们站在

八九点钟的太阳里

刚刚从出租屋出来,昨夜的饱饭

化作力气，除了睡觉打呼噜
和翻身花掉一点，大多
还存在身体里面。力气是新鲜的
劲儿是刚刚蓄满的
雇主们需要搬冰箱
搬洗衣机、搬床、搬命
只需在人群中，扔出一个
低廉的价格，给劳动力们接
若没人接，间隔三个小时
快接近中午再来（雇主们深谙此道）
还是之前的价，有几个
摸摸瘪下去的肚子，主动凑上去
跟着雇主走了，另外的劳动力
转过头去，骂他们傻逼
然后继续围在一起斗地主，体力
还能将一张废牌，高高举起
并狠狠砸出，扇耳光一样的响声

礼拜日的天空

一朵云还在天上加班
另一朵云过去代替它,很白
乡下吹过来的。一朵云
走出天空的值班室
身负雨水,不知该倒往哪里

战争后遗症

两个国家的人
都在离边界不远的地方
建起了各自的英雄纪念馆

两个国家的母亲、妻子
都在离边界不远的地方
摸着儿子或丈夫冰冷的墓碑

声嘶力竭地哭泣

两个国家的人
穿梭在相同的命运里
不问青红皂白
将彼此
视为仇敌

旧　楼

橡胶厂旧址，原本要拆迁
挖机开到门口，又踅回去了
部分房屋已坍塌为废墟
甚至被住户捯饬成自家菜园
种满大葱、芫荽和青菜——
农业文明，再次彰显它
野蛮的生命力，把属于工业的痕迹

埋进了泥土。几棵侧柏
趁着大血藤爬上围墙时
暗中长高了，它们苍劲挺拔
让旧楼在乱枝掩映中
看起来像古墓，墓中的人
刚刚下班，脸上残留着
落日的余温。我的楼上
住着一个身体漏光的青年
刷灰浆的，衣服上斑斑点点
经常擦着暮色归来
我的楼下，住着一位老妇人
灯泡瓦数低，昏昏黄黄的
人老了，就是电被耗尽
不知不觉，像灯一样
慢慢就阴了下去
每次路过她门口，都禁不住
要停下来，偷听里面的动静

每一次，都有浩瀚的枯寂
倒灌进我耳心；我的左边
是年事已高的寡居者
为了不被打扰，孩子们
凑钱买的二手房，一年
难得来一次，有事电话联系
等那天到来，再送回老家去
盒装的，路上也便于携带
我的右边，不知道是个什么人
有时熬夜打电话，或自言自语
有时推开窗子，对着夜空叹气
像是我的孤独被劈开，搁一半在隔壁
我的后边，是条土路
它隐藏在城市中，供我进出
有时几天没回去
荒草会把它封住
我的前面，也是我经常凝视的地方

巨大的窗子、防盗网，透过它们

可以看到昆明破碎的天空

以及几棵高大的银桦

某些夜晚，银桦们

扭打在一起，第二天

又各自慌忙站立，甚至

来不及整理仓促而又凌乱的枝叶

我经常待在房间里，翻最厚的书

《金瓶梅》和《圣经》交替着读

阳谷县与以色列轮换着去

一会儿宽衣，一会儿蒙头

心里似乎有个小阁楼，耶和华刚离开

西门庆就推门而入

旧楼没有门牌号

属于哪个社区，至今一头雾水

我也不知道，基于什么

我才住进这栋旧楼

没有见过的，都是些什么人
为什么他们会在深夜里
饮酒作乐，或唱悲伤的歌
若干次，清晨的鸟鸣
将周围的草木，鼓吹成森林
旧楼如巢，一觉醒来
发现身下的枯枝
摇摇欲坠。我的旧楼
悬在空中，而楼下
一直有人在伐木
我一天天看着，窗外的树
越长越粗，也一天天看着
窗子上的钢筋越锈越接近虚无
我想，等它锈成灰烬
就能还给我一个真正的窗口
我要将其放大成完整的天空
每个夜晚，在里面
安装闪亮的星斗

办公室的下午

郭　靖

1. 来自会议现场的电话

晚饭后，我正靠在沙发上，捧着一本书打盹。手机响了，我懒洋洋地按下接听键，“喂”了几声，听筒那边没有声音。

电话是我的一位老同事打来的。他为什么不说话？我忽然意识到，他可能正在开会，拨通我的电话，只有一个目的，就是让我偷听会议的内容，不用问，这个会议一定和我有关。

我把耳朵紧贴在手机上，果然听到一些嘁嘁喳喳的声音，甚至能辨别出是哪几个人在发言，但就是听不清他们在说些什么。我想，老同事故意让我听，肯定是与会者在讲我的坏话。

我继续听，可会场传来的声音越来越轻，似乎电话那头不是一群人在开会，而是一群螃蟹挤在脸盆里吐着泡泡。我知道，这意味着会议已进入关键环节，不利于我的决定即将被做出。

我忍不住想在电话这头替自己辩解，我想说，不、不，情况不是这样的，你们不能这样对我，这不公平。事实上，我确实也这样说了，但从我嘴里吐出的，并不是上面那些话，而是一簇簇细小的、不断生成又不断破碎的白色泡泡。

2. 汇报

我急匆匆地赶往一幢建在山坡上的大楼。有人通知我，我的上级领导在这幢楼里，等着听我汇报。

从山坡下通往大楼入口的阶梯，几乎都被倾泻而下的炉渣覆盖了，我不得不踩着炉渣，一边打滑，一边费力地往上爬。

快到大楼入口时，炉渣没了，台阶也没了，我眼前出现了一个从入口处挂下来的铁槽，炉渣应该就是从这个铁槽倒下来的。

铁槽光滑极了，我只好张开四肢，撑住铁槽的边缘，一点一点往上挪。终于攀上了入口，但往里一看，这根本不是写字楼，而是个装着螺旋式粉碎机的隧洞。

庆幸的是，粉碎机没在运转，否则它推下的、滚烫的炉渣早要了我的命。在粉碎机与洞壁之间，有半米来宽的缝隙。我从缝隙中挤过，前面是一条昏暗的走廊，两边有几间空荡荡的办公室。

我正东张西望，不知从哪儿冒出个黑脸大汉，也不说话，手里挥着个像棍棒的东西朝我追来，吓得我撒腿便跑。

走廊尽头，是盘旋而下的、很陡的楼梯，像根竖起来的巨大弹簧。我一手抓着钢管扶手，两腿随旋转的惯性往下狂奔。慌乱中闪过眼前的，是每层旋梯对着的一个个黑漆漆的、紧闭的房门。

总算逃出了大楼，我沿着台阶继续往山坡下跑。这时，我见一个同事正从山坡下上来，他个子很高，穿着件黄风衣，离得很远就冲我喊："你怎么占了领导的时间？那是我预约的！"

"瞎喊什么！我根本没见到领导。"

"没见到？送你出来的不是吗！"

我回头，见那个黑脸汉子正挥动着一卷报纸，朝我古怪地笑着。

3. 采访

有个采访任务，不知为什么派给了我，说要跟着市长去考察在建的安置小区，完后发个稿子。

大家在机关大院集合，同行的人中有几个面熟的，还有个记者我也认识。市长到了，一行人跟在他后面出发，不过没安排车，是步行。

刚走出一小段路，我忽然想起手机忘在了大院的一间办公室，赶忙跑回去拿。等我再出来时，前面已不见人影。我想，就这么几分钟，走不远，前面看不到，那一定是转弯了。

顺路右转，还是看不到他们。我有点懊悔，那个安置小区的名字我都不知道，不跟着，肯定找不到。如果真追不上他们，只好等结束后，向我认识的那个记者问问情况，随便整个稿子出来了。

我边想边急着往前走，没多久，路边出现了一片建筑，说是建筑，其实是一群楼宇的残骸。这些楼高高低低，惨白惨白的，大部分墙体都没了，更别说门窗了，不过倒不像拆掉的，而像风化后的自然破损，或是被蛀空的那种，仿佛我面对的是一片钙化的巨型珊瑚，或是一具庞大的远古动物的骨架。

我听到建筑残骸中传来人说话的声音，随后看到七八个人顺着一座高楼的楼梯往上攀。这些人都穿着蓝色的衣服，从衣服的颜色和说话的声音判断，很像是市长和随行者，但又有点不像。

无论如何，我想还是跟上去看看，可找来找去，怎么也找不到进去的口子。这时，那队蓝衣人已经攀到了楼顶，站成一排看着下面。

楼很高，那些蓝衣人好像站在云端。我仰着头，朝上面拼命挥手，但他们一点反应都没有。

4. 补鞋

我一向不喜欢麻烦别人，可是也有例外。那是一个让人昏昏欲睡的午后，我外出回到办公室，发现自己左脚的鞋子裂开了一个口，大脚趾都露出来了。我知道街对面就有个修鞋摊，便准备下去修，可穿这么一只鞋下楼，实在不雅。

这时，我见同事 H 背起包要出去，连忙说："我的鞋破了，麻烦你帮我拎到对面的鞋摊修一下。"说完，我马上就后悔了。我觉得，他肯定会找理由拒绝，诸如他的事情很急之类，因为我和他的关系并不好，甚至还在升职的事情上有些过节。没想到，他居然平静地笑了笑，弯腰拎起我的鞋就往外走。

我愣了一下，他令我出乎意料的反应让我感到不安。于是，我赶紧说："哦，谢谢你，还是我自己去吧！"听我这么说，他又平静地笑了笑，放下鞋走了。

我看看自己的鞋，还好，挺干净，应该没有冒犯到H。我把鞋穿到脚上，只得自己下楼去补。这是个高档写字楼，一路上，衣着光鲜的男男女女向我投来异样的目光。不过，也许他们的目光并没有什么异样，只是我的错觉。

对鞋匠来说，缝个裂口很容易，十分钟不到，他就把补好的鞋递到我的手里。再次回到办公室，正要落座，旁边的女同事突然"咦"了一声："你的脚怎么了？"我低头，也吓了一跳：我的左脚连同鞋子缩到了很小，看起来就像一只可怜的山羊蹄子。

5. 有两张餐桌的包厢

一位同事升职，请大伙吃饭，有十几个人参加，我也在内。

晚宴安排在一个酒店的包厢，这个包厢有两张圆桌，一大一小。我们是大的那张。落座不久，另一张小圆桌的客人也到了，大约五六个人，巧的是，我都认识，他们是我文学圈的朋友。寒暄了几句，我又坐回大桌。菜很丰盛，气氛也很好，大伙放开聊天，尽情饮酒。

碰了一圈杯，又吃了几口菜，我端着酒杯，起身到旁边的小桌敬酒。小桌的朋友让服务员加了把椅子，我索性坐下来，和他们边喝边谈。

坐了一会儿，我想该转回大桌了，可当我转向大桌时，却发现大桌的人都不见了，桌子上的枝形吊灯也灭了。再看桌子，连台布也撤了，黑色的桌面光溜溜的，好像一个圆形洞口。

桌面确实变成了一个洞口，里面依稀有声音传出。我凑近洞口往下看，原来消失的同事都坐在洞的底部，饭局仍在继续，我刚才的座椅还空在那里。洞很深，大概有几十米。

我想坐回去和同事们继续喝，但不知道该怎么下去，只好端着酒杯，尴尬地站在洞口。这时，我听到身后的小桌传来一阵哄笑声。

6. 给领导开车

一天早上，领导让我开车送他和太太去看电影。

车是领导自己的，一部崭新的灰色SUV。领导和太太坐后排，我的同事坐副驾驶位置。天气不错，从领导家到城里的路上也没什么车，我开得很快。

接近城区时，出现了岔路口，我拿不准去电影院怎么走，凭感觉选择了左边的路口。车子一弯进去，我就知道，走错了。这条路只通了单向半幅，另一半还在施工，堆着土石和粗大的铸铁管，连掉头的空间都没有。

领导和太太没吭声，他们越沉默，我越紧张。不过，没办法，只能继续往前开，希望有个地方可以掉头。运气还好，开了一段，总算看到了一个横穿路面的缺口，正对着一处厂房，估计是为这个厂特地留出的通道。

厂房里总能掉个头吧！我急忙拐了进去，谁知厂房里堆满了煤渣，足有一人来高，得开到煤渣堆上才能掉头。我一轰油门，开了上去，才发现这堆煤渣上还有好几道深沟，掉头并不容易。

“我下去指挥吧！”同事说着，跳下了车。在他的引导下，我不停地打着方向，终于调转了车头。可当车子正要开下煤渣堆时，我们四个明明坐在车上的人，却莫名其妙地骑在了一匹灰毛骡子的背上。

同事仿佛早知会这样，一点都没吃惊，说：“骡子会走山路，下煤渣堆更稳当。”出了厂门，我们骑着骡子原路返回。“骡子太慢了，要赶不上电影的。”领导太太抱怨起来。话音刚落，灰毛骡子听懂了似的，抖抖身体，又变成了原来的汽车。

只不过此时的车不像刚才那么稳，开起来忽左忽右的。我怕车子蹭到路边的石头和铸铁管，想让车慢下来，可就是够不到刹车。我的脚往前伸一点，刹车便往后缩一点。车子不断加速，晃得也更加厉害。

怎么办？怎么办？情急之下，我终于喊出了声。当我睁开眼睛时，发觉自己坐在电影院里，旁边的人都扭头看着我，而银幕上，同事和领导，以及领导太太，正骑着一匹灰毛骡子奔向远方。

7. 调任之前

组织上通知，调我到一家公司当总经理，三天后报到。

平时和这家公司没什么联系，也不知道公司在哪，我想在正式报到前先去认个门。出租车司机把车停在县城老街的一个院子前，说："到了。"

院墙是红砖砌的，院门是钢筋焊的拱形架，上面有铁片做的红五星。门旁挂着公司的牌子。院里有座两层楼，很旧，一看就是20世纪80年代的建筑。

我上到二楼，狭窄的走廊两边是一间间办公室。往东走，快到底的时候，办公室的标牌上出现了"副总经理"的字样，我数了数，一共三间，门都虚掩着。再往里，就是总经理室，门开着。

这时，一位看上去像秘书的女人抱着文件夹，从总经理室出来，见我正东张西望，便问："您找谁？""哦，没找谁，就是来认个门。"听我这么说，她愣了一下，随即小跑着钻进了总经理室。

"是我们的新总经理吧？"一个方脸平头、胖乎乎的男子从总经理室走出来，迎着我伸出右手，那秘书模样的女人紧跟在他后面。他一定是现任总经理了。我突然觉得很尴尬，还没报到，就这么急着一个人溜进来，算什么事啊！

两只手握在一起，没等我开口，总经理大喊一声："老张、老李、老陈，新老总来了，都出来见见！"三间副总经理室虚掩的门应声而开，三个胖乎乎的中年男子快步走了过来。

"来，我给你介绍一下。"总经理还没介绍，我却僵住了：那三个满脸堆笑的副总经理，竟然长得和总经理一模一样。

8. 办公室的下午

有人走进来，在我办公桌对面坐下。

下午阳光很好，照在身上暖洋洋的。我两肘支在桌上，双手托起昏昏欲坠的脑袋。作为一个公司的总裁，以这样的姿势接待客人很不得体，但在强烈的倦意支配下，我竟然动弹不得，甚至几次睁开眼睛的努力也均以失败告终。

从说话的声音，我听出来访的是过去的一位同事。他不是下午的第一位来访者，在此之前，已经来了几拨客人，我记得还有位退了休的领导，找我谈人事问题。这说明我目前的姿势，已经保持了好长时间。

坐在我对面的老同事，我们关系挺好，他带了另一个我不认识的人，说想跟我的公司合作，销售纸人、纸马之类的丧葬用品。

我试图说点什么，可嘴巴也跟眼睛一样，困得张不开。好在我的沉默并没有影响对方的谈兴，他们一直喋喋不休，后来还打电话，让人把一些样品拿到了我的办公室。

这些东西怎么能拿到办公室？太不吉利了。可我睁不开眼，张不开嘴，干着急。更糟的是，我发现心里一急，脸上就有向内坍缩的感觉，越急，坍得越快。才不过几分钟，我的脸已坍出了一个黑洞。

先是手，然后是胳膊、胸腹和腿，我一截一截地被黑洞吸了进去，好像一条蟒蛇吞噬自己粗大的身体。

在坍缩形成的巨大吸力下，我的老同事也不由自主地挤向了我脸上的黑洞。刚开始，他还抓住我脸上残存的颧骨挣扎着，但没一会儿，便和他的喊叫声一起，消失在了黑洞之中。

9. 谈话

与子公司负责人的谈话，是在一间光线暗淡的办公室进行的。

说是办公室，其实更像我大学时代住的寝室。进门左手边，摆着一张带抽屉的桌子，桌后是一张靠墙放的床；右手边，还有两张床，一前一后。

从下午开始，我就坐在桌后，子公司的负责人依次进来谈，参加谈话的还有我的副手和办公室主任。谈话是为了了解情况，内容涉及经济指标、业务渠道、人员、收入分配等，冗长、乏味、琐碎。

轮到第五家了，趁办公室主任打电话喊人的当口，我起身活动腰腿，见窗外漆黑一片，抬腕看表，已是凌晨，我吃了一惊，时间的脚步总是快得超出我们的想象。

几分钟后，一直候在附近的子公司的负责人走了进来，我却不认识。办公室主任介绍说，这个子公司是新成立的，总经理也是新聘的。

我一阵恼怒，设立新子公司、聘任新总经理，这么大的事我居然不知道。一旁的副手似乎有所察觉，忙说："您可能忘了，那天我向您汇报过，当时您正在接待客人，大概没在意。”我觉得副手多半在撒谎，我一点印象都没有。

不过，我没有当场发作，谈话还得继续。谈了一阵，我实在犯困，便说，大家先休息一下吧！话音刚落，那个新聘的子公司总经理“嗖”地一下蹿到了我身后的床上，倒头就睡，而副手和办公室主任也各自跳上了靠右的两张床，瞬间打起了呼噜。

此起彼伏的呼噜声像台汛期倒灌的江水涌荡着，在办公室不断上涨，开始是脚面，后来是膝盖，再后来是腰部，接着到了我的胸口。

我就要被淹没了。我的双手在求生的本能驱使下胡乱抓取着，但我能抓到的，也只有那些漂浮在我身旁的、散乱的文件。

10. 换鞋

说不清为什么，我和下属出差去了一个北方的城市。

出了车站，外面是一大片起伏不平的泥土地。下属说：

“老板，我去办事，我们换双鞋吧！”我看了一眼下属的脚，穿的是双雪白的运动鞋，而我穿着双黑色的轻便鞋。我说：“好。”我之所以答应得很爽快，是因为我包里还有双黑皮鞋。出差带一双正式场合穿的鞋，是我的习惯。

换了鞋，下属急匆匆地走了。我慢悠悠地晃到城区，没事可做，整个下午在街市瞎逛。眼看日头已经偏西，下属还没有打来电话，事情办得怎样，晚饭如何安排，统统不知道。

这不合常理。我正在纳闷，忽然看到妻子在一家小吃店里坐着。她怎么会在这儿？我又疑惑，又惊讶。就在要上去喊她时，我收住了嘴，心想：我得先把鞋换了再去和她相会。

对我来说，换鞋是很私密的事情，必须找个僻静之处。沿着商业街，我一直走到了河边。这里有个船埠头，石板台阶下去，是一小片沙泥滩。我坐在最下面一级台阶上，把包里的一双黑皮鞋取出，又脱下雪白的运动鞋塞进包里。然后，我拿起一只黑皮鞋套到脚上，但等我穿另一只黑皮鞋时，却遇到了问题。这个沙泥滩上东倒西歪地扔着好些黑皮鞋，看上去都像是我的那只，可拿起来比比，又都不是。

正在我一筹莫展的当口，听到背后有妻子的声音。扭头看，见妻子和我的下属站在一起，手里挥着一只黑皮鞋说："老公别找了，你的鞋在这儿呢！"

11. 对一个画家的拜访

我和领导走得不近，所以当他让我陪着去拜访一个画家时，我有些意外。

画家的工作室在乡间，门敞着。我们进去时，画家正和一帮朋友围着长条桌喝茶，见领导来访，画家忙不迭地起身相迎。他的那些朋友和我们寒暄几句，识趣地撤了。

随后，画家带着我们参观他的近作。老实说，这些画都入不了我的眼，不过领导倒看得颇有兴味。

看完画，坐下喝茶，聊了一会儿，画家起身，从一个类似储藏室的小间拿出一卷东西，在工作室的地板上摊开来。

我的眼睛一下子被点亮了：摊开在地上的这幅画，我太喜欢了，画面上只有大块的红色、白色和黑色，又低沉又绚丽，极具抽象感。更特别的是，这幅画竟然画在一张形状不规则的画布上。

一般来说，画家这个时候拿幅画出来，是要送给客人的。当然，画只有一幅，必然是给领导的。尽管我一点都不欣赏这个画家，但这幅画我实在是看在眼里拔不出来，于是趁画家还没开口，忙凑上前说："谢谢，谢谢！这么好的画，我一定好好收藏。"

我边说，边动手把画卷起来。卷的时候，感觉这画布很怪，软软的、厚厚的、沉甸甸的、油腻腻的，似乎还带着一层脂肪。

见我已经把画夹在胳肢窝下，画家一脸尴尬，顿了顿说："严格来说，这不算是画，而是一张别人托我彩绘的人皮。"说罢，他意味深长地望向领导。

领导狡黠一笑，放下茶杯，慢慢地把衬衫脱了下来。

呈现在我眼前的，是他裸露着肌肉、脂肪和血管，犹似新鲜标本的上半身。

12. 请客

一觉睡到自然醒，起来后，想着上哪去吃中饭。想着想着，想到了一家小店，在城郊湖畔的边缘，旁边是个小镇。印象中，那里的菜烧得很好，我或许吃过，或许只是听别人说过。

我没叫其他人，想清净清净。去湖畔的路我还是比较熟悉的，但快到湖边时，觉得和以前不一样了，不知为什么。原来的路不通了，我又弯到了左边，沿着一条陌生的路开下去，结果还真到了小镇。

镇上很热闹，似乎有个集市。我的车在人群中艰难地往前挪，忽然看到了原来的领导，他现在已经退休了。我摇下车窗打招呼，并说，方便的话，中午一起吃饭吧！他说，和他一起来的还有他太太。我说，好，吃饭地方离这儿不远，我先去，发地址给他，请他们逛完集市过来。

坐在小饭店里，我抽了几支烟，眼看都过十二点了，可左等右等，老领导就是不来，打电话过去，总打不通。我走也不是，不走也不是，吃也不是，等也不是，便对老板娘说，先留着位子，我去镇上接个人。

我回到镇上，停好车，往集市方向走去，但街上冷冷清清的，集市已经散了。我沿街转了个遍，也没见着老领导，心想，也许我回来的当口，他已经去饭店了，于是又往小饭店赶。

接近饭店门口时，我听到里面传来了熟悉的老领导的声音，探头看，见老领导和夫人已经坐在我订的那张桌子旁吃了起来，和他们一桌的还有一人。我仔细瞧，那人不是别人，正是我的同事。

我正犹豫着要不要上前，老领导一抬头，看见了，先是一愣，随即拍着脑袋说："哎呀！你看我，真是老糊涂了，我把你和他搞混了，以为你们是同一个人呢！"

13. 返聘

再过几年，我就要退休了。届时，我将被返聘，被推荐到一个卫生研究院担任院长。这已经是板上钉钉的事。一天下午，我坐在办公室里闲暇无事，忽然起兴，想到研究院去看看。

研究院在郊区的一幢两层高的圆形建筑内，进门是个挑空的大厅，办公室和其他工作用房环绕着大厅布局。外面阳光灿烂，但建筑内部却一片昏暗，我的进入也没有引起任何人的关注。

沿着环形走廊，我慢悠悠地晃荡。大多数房间关着门，看不出个所以然，唯一的感觉是这里很乱：成堆的材料和杂物摆放在过道上，带帆布兜的清洁车和水桶横在盥洗室门口。少数几间敞开的房间内，灯光中透着肝病的蜡黄，家具歪七扭八，布满灰尘。在一间实验室里，白色的陶瓷水斗内还残留着斑斑血迹。我对混乱并不反感，也没有洁癖，只是觉得，如果哪天在这个建筑内值夜班，一定是件很恐怖的事情。

参观完第一个楼层，转回大厅时，现任院长恰巧外出回来。我认识这个女人，性格泼辣，长相俗气，也已接近退休。“你不是说要给我推荐一个品行好、业务强的人吗？啥时候来呀？”她走过我身边时，忽地冒出一句。

我有点蒙，不记得给她推荐过什么人，但也不能百分百确定。我一边在大脑中快速搜索，一边随口支应说：“啊，我再想想，有合适的人选再说。”就在我答话的当口，她已快步向楼上走去，高跟鞋在台阶上留下清脆的响声。

和鞋跟的脆响一起钻入我耳朵的，是大厅里几个工作人员放肆的笑声。

14. 上班

星期一，我照例拎着公文包去上班。我家离单位不远，走过一条街，穿过市政广场，就到了。

花岗岩铺装的市政广场很气派，有巨大的喷水池和呈几何图形的花坛。我每天的路线是从东南口进，往西北口出。这天，我出门很早，空气清冽，广场上没什么人，刚升起的太阳向城市投下玫瑰色的光晕。

跨上几级台阶，我习惯性地沿广场的步道往前走，还没多远，就见路上拦着两条蟒蛇，一大一小，它们盘曲的形状和回形针一样。

对于回形针，我再熟悉不过了。我办公桌上成堆的、枯燥乏味的公文都用回形针别着，以致我觉得回形针就是一个个附加在公文上的微小的迷宫，常常让我在批阅的过程中陷入迷茫。

但面对眼前盘成回形针的蟒蛇，我却一点也不怕。因为我知道，这两条蟒蛇其实是我的妻子和女儿。至于我是如何知道的，我也说不清。

于是，我像小姑娘跳格子那样，从蟒蛇盘曲的身体空隙灵巧地跳了过去。毕竟，这是星期一，还有一大沓公文等着我看呢！

11 号病房

蒋　在

1

心内科护士站在楼道中央，何瑾秋拿着住院单立在环形台的外面，对着在电脑上记录着什么的护士轻轻说了一声“你好”，向护士递去单子。那个护士看了她一眼，从胸前的口袋里取下一支笔，打了一个钩。

护士用手示意何瑾秋，把她领到环形台的另一边，那儿有张椅子。何瑾秋走到椅子跟前，护士抬起她的手准备给她做血糖检测。

“我才吃过饭，测什么血糖?”何瑾秋对医生说的住院进一步检查非常抵触。

何瑾秋她妈妈的“疑病症”“恐病症”以及“被害妄想症”在日复一日的时间里，对她有着潜移默化的影响。她一方面不相信自己的状况严重到需要住院检查，另一方面又对疾病惧如惊鸟。万一有病呢?岂不是错过了最佳治疗时间?何况心脑血管类疾病就像不定时炸弹，你不知道它什么时候爆炸,到时候连活着的机会都没有了。

“9.8。”护士果断地扎了何瑾秋的无名指，看着血糖检测仪面无表情地说。

何瑾秋问护士：“高不?”

护士说：“你不是才吃过饭吗?”

随即护士又转过身，从桌上拿来血压计往何瑾秋手臂上套。何瑾秋抬了抬手，朝后退了一下，让护士看到自己是站着的,她可从没见过站着量血压的。

何瑾秋给她妈妈量血压时，她妈妈总是提醒她血压计要跟心脏平行。护士示意何瑾秋坐在凳子上。何瑾秋说：

“不用量,我这个年龄血压不可能高。”

何瑾秋将对门诊医生说的话又重新说了一遍。说完,她的脸就发烫。护士不由分说地拉过她的手,套上电子血压计,她朝血压计显示屏上看了一眼。按理说,护士还会量第二遍,何瑾秋在家都要给她妈妈量两遍,何况现在是在医院。但护士只量了一遍,就知道何瑾秋的血压如她说的那样并不算高。

不过,那天在门诊时,何瑾秋的血压的确很高。尽管她极力告诉医生自己没有高血压,只是早上来医院一路奔跑,可能心跳加速,造成了这种误差。

医生还是对坐在他边上的实习医生冷冷地说:“开住院单,落实完病房,通知她。”

医生让何瑾秋重新报了一次电话后,把刚写过的第一页诊断单撕下来递给她,用笔尖指了一下,叫助手按电子传号器,门外响起了让下一个号就诊的声音。

何瑾秋想,也许是门诊血压计的问题。每天无以计数的人用它量血压,所以她对它的准确性是相当怀疑的。

何瑾秋在离开前又一次说："医生，我不可能有高血压，今天……"何瑾秋还没说完，另外一个看病的人就进来了，他往何瑾秋刚才量血压的凳子上一坐，咳了两声，用一半的身子挡在何瑾秋面前。医生用叫何瑾秋时一样的声音高声喊着："自己先量血压。"

何瑾秋站在那里抱着自己的包，里面塞着的东西都从包的边沿冒了出来，她又叫了一声："医生。"

医生在新的诊断单上写上新进来患者的名字、年龄，他头也没抬地对何瑾秋说："现在二三十岁患高血压的人多了去了，年龄已经不能说明什么了。"

2

护士收起血压计，何瑾秋朝她走过来。护士还没有何瑾秋高，何瑾秋是南方人，这在北方并不多见。何瑾秋略微蹲了一下："请问一下，11号病房在哪里？"

护士把胸前的听诊器摆正，皱了皱眉头，不耐烦地绕过环形台用手指了指，表示从这边拐过去就是。何瑾秋朝她指着的拐弯处看了一眼，提着帆布包从护士站绕了个弯，仔细数对墙上的红色编码。

11号病房的门半开着，何瑾秋站在门口看见13号病床上的老妇人。她看上去七十多岁了，面色乌黑，眼神涣散，两个鼻孔上还插着氧气管，穿着一身像洗碗布一样已被洗衣机搅得混色的睡衣。她的家人正在给她翻身，将她的一条腿搭在床的栏杆上。

恐惧和对生命垂危时样子的厌倦，以及疾病让人失去尊严的一幕幕向何瑾秋袭来。她想象着自己也会在将来某一天这样躺着，浑身插满了管子，瞬间感觉到从胃部反流出一股酸水在嗓子里搅动，让她迟疑不决地站在那儿，无法向前迈出一步。

站在那妇人床前的男人看了看何瑾秋，很快他又把注意力收回到手里拿着的那个红色塑料盆上，从里面的塑料袋里窸窸窣窣地拨出两个苹果。也许是被太阳过度暴晒的原因，他看上去一片黝黑，看不出究竟是五十岁还是六十岁。但从他站着的身形的挺拔程度上来看，他大概不到六十岁。

床旁边过道上放了两张简易折叠床，上面坐着一男一女，正在吃东西，男的背对着何瑾秋，女的二十岁模样，小眼睛几乎看不到黑眼珠子，全是眼白，给人的感觉很胖，并且胖得有些苍白乏味。何瑾秋心里有些不悦，这祖孙三代把病房当成家一样安然自在，目中无人。

何瑾秋朝后退了两步，重新确认没有走错病房，她希望这不是自己住的病房。11—14 号，没有错。她又强迫自己走进去，11 床就在门边。病房里有股难闻的酸臭味，一开始何瑾秋以为是哪一床的食物或者水果坏了。直到看见那个黑黝黝的男人，隔着绿袜子给那妇人揉脚，妇人的袜子底端的前脚掌和脚后跟有明显被汗渍浸深的颜色。这太让人难以忍受了。何瑾秋屏住呼吸，掏出消毒纸巾反复擦拭床头的柜子。她拉开抽屉，扔掉里面的东西，又走到门口去挤压挂在墙台上的免洗酒精。何瑾秋因为实在没办法呼吸，呛得咳嗽了几声。

那个男人目不转睛地看着何瑾秋，他摸不清何瑾秋是病人还是家属，除了一个包什么也没带就来住院。何瑾秋掀开被子，仔细察看床罩是否换过，上面是否还留有头发和皮屑。男人把妇人的腿搭回栏杆上，漫不经心地说："被子前面的人出院时,就来换过了。"

何瑾秋回过头看了他一眼，没搭话，还是不太信任地翻看枕头,看看上面有没有头发。

男人又问何瑾秋："你是病人还是家属？"

何瑾秋直起身朝他那边看过去，那妇人也斜着眼透过床沿的护栏看着她。妇人的眼睛浑浊地凹陷下去，像是体内有一个火球灼烧着她，把她的躯体烧干了。何瑾秋赶紧避开妇人的眼神,免得自己也被吸进去。

3

何瑾秋没有回他的话。她知道自己没病，只是体检时心电图结果显示：T波改变、倒置。医生说是心肌缺血，叫她住院做进一步检查。

她并不以为然。过了几天，负责联系住院工作的医生就打电话来说，床位空出来了，叫她赶紧来住院。何瑾秋问能不能推迟几天。

何瑾秋手里还有很多工作没做完，公司正在裁员，她不想成为洪流中被冲走的一员。她还记得同事小苒，和她一同进的公司，上个月小苒在公司才过完三十岁生日。那天上班，小苒在头发上扎了一个红色的蝴蝶结，把自己绑得像个包装精致的礼物。生日第二天，HR 通知她约谈。接着，小苒就被裁了。补偿方式是 N+1，拿到了八万块补偿的小苒抱着早已没有红丝带绑着的纸箱，把自己桌上的书、摆件，还有她自购的一副茶轴机械键盘通通塞了进去。

小苒家是北京的，她不用怕，横竖可以躺在父母家里。但何瑾秋不同，她比谁都需要这份工作。她家里还有个偏瘫的妈妈，如果来住院，她还得赶紧找人来照料妈妈。现在寻找人手帮忙也得至少腾出一个星期，不能说你今天找，明天就让人到岗。

“你不要命了，你的情况出现猝死的可能性相当大。”说到这话时，她听到医生用笔尖敲了敲桌子。

猝死？这些年，三十多岁的人因劳累而猝死的视频经常出现。无论真假，还是给人有点警醒的作用，死亡无处不在。前不久，何瑾秋的一个中学男同学，因为长年熬夜打游戏就猝死了。法医到的时候，他全身都出现尸斑了。讽刺的是，据说他桌上长年放着速效救心丸，但因为从没检查，瓶里早就没药了。

何瑾秋上网查了一下心电图的结果，视频号里各个医生都说了差不多的话——容易猝死。只有一个武汉的心内科医生在视频里提到，太劳累也会出现T波改变、倒置。何瑾秋不敢信其无，只能信其有。在这个陌生的城市里，她的家庭状况还不允许她死，甚至连生病的资格都没有。

一年前，何瑾秋的妈妈摔了一跤，都说老人最怕摔跤，之后便半身不遂躺在床上，吃喝拉撒都得要人照看，偶尔可以扶她起来，坐在轮椅上推她出去散步。家里请不起保姆，每当何瑾秋不能照顾她时，只能请小时工阿姨上门服务。

她妈妈每天要吃很多药，怕药吃混了，相互抵消效果，严格按照时间服过其一之后，隔半小时才服其二，然后其三、其四，以此类推。结果就是，妈妈醒着的时候，一整天都在吃药，就跟吃饭似的。

小时工阿姨为了省事，总是一次性让她服下全部的药。妈妈就把药藏起来，每次在杯子里留点水握在手上。之后，阿姨又嫌弃她尿多，难伺候，就给妈妈控制喝水量。

小时候，何瑾秋的心脏就不太好，经常发慌发痛。所以小学时，她本来有机会进省体操队被培养的，就因为这毛病，希望也早早地破灭了。不然，说不定2008年奥运会上，还可能有她的身影。她的基因天生决定了她吃不了运动员这碗饭。后来，教练也没坚持。最后，体操练不成了，但心脏还是疼，需要妈妈抱一下才能好。妈妈以为是她娇气，后来去医院检查，医生说是心肌缺血。

对何瑾秋来说，心肌缺血根本就不是病，她甚至一直拒绝心电图这个走马观花似的检查仪器。何瑾秋的妈妈每次住院都要做心电图，任何人的任何一次体检或者住院，心电图都是必需的。何瑾秋对这个医学仪器的功能表示怀疑，感觉它只是个某种医学行为的摆设而已。她早就听说过这些仪器根本查不出个一二三来，好多检验单上写着无异常，最后发现都是癌症晚期了，错过了最佳治疗时间。

4

病房的门只要关着，空气就流通不畅。再加上那妇人的床边正好还有一个暖气片，她把她的洗脸巾、擦脚巾和袜子通通搭在上面烘烤，屋内的这股气味让何瑾秋感觉难以呼吸。她走过去拉开门，刚回到床边，门又合拢成之前的样子。

她又屏住呼吸走过去。这一次，她发现门后面的储存柜上有一根布条，上面的结正好可以拴在把手上，把门固定住。把门敞开一点后，气味渐渐散去一些，何瑾秋回到床上把被子盖到腿的位置，准备看会儿手机。

她想到前段时间在微信上看到人类的孤独分十个层级，自己住院做手术就是最后一个层级。但是，她暂时还没有做手术，所以现在她最多只能算9.5级。可是，这又算什么呢？孤独或者不孤独，都改变不了她现在的境况。

手机在包里震动个不停，她急忙掏出手机，才发现不是来电，而是日历里的消息推送，还有几天公司结项的时间就快到了。就那一点点倒数的时间了，她才完成了项目报告的百分之三十。记得小时候，妈妈为了教育她上学不要迟到，用西点军校的一句名言告诉她：没有理由！没有理由，这也太夸张了。上完大学后，她渐渐明白，这句名言是给那种非比寻常的人物制定的。但工作后，她又发现，这句话适用于所有人和事。

何瑾秋铺好枕巾正准备躺下时，听到小伙子低声细语地说着什么，然后坐他旁边的女孩笑着回应了他两句。接着，小伙子出去了，她始终没有看到他的脸，他也一直背对着她坐在那儿。小伙子穿了件咖啡色的棉外套，身材匀称，个子不高，说话声音沙哑，像个女的。他跟那个女孩说话时，让何瑾秋感觉是两个女人在说话。

13号床的男人站在床边，又开始有一搭没一搭地给那妇人按摩，何瑾秋不用看也能感受得到，自己的一举一动都在他的眼睛里。这奇特的一家子，他们大声地说话，大声地吃东西，当着何瑾秋的面毫无顾忌地掀开妇人的被子检查，灰尘和毛絮在光影中飞舞，还夹杂着一股尿臭味，是那种吃了很多的药和输了很多的液，才排出的那种带着病的尿味。

实际上，妇人并没有撒尿，她的身体侧面插着引尿管。男人将妇人翻过身，侧着身对着何瑾秋，妇人伸出干枯的手，抓住床头的铁栏杆“哎哟哎哟”地哼，男人拿着红色的盆在给妇人擦背，又转过头告诉女孩：“没有排尿。”

女孩停下吃烤串，将竹签子放回袋里，嘴角还沾着辣椒面。她走到床边，弯下身歪着头，看床边挂着的那个引流的尿袋。

何瑾秋实在忍受不了了，想下床去一下洗手间换换空气。洗手间的门总是关着，她以为里面有人，就在过道上溜达，等着里面的人出来。何瑾秋出去又进来，来来回回好几次。洗手间的门还关着，她问一个自己拿着输液瓶出来走动的病人，过道上的洗手间坏了吗？这病人腾出一只手指指门边说，洗手间都在病房里。

何瑾秋又回到他们的病房里，推开洗手间的门，一股刚刚洗过热水澡还夹着香皂味的热气扑面而来，混杂着那股充满着疾病的尿味。她朝后退了几步，真是受不了那种味道。他们一家人在这儿住久了，在洗手间洗澡也是正常的。她这样想着，回到床上，闭上眼睛，想着怎样度过这难熬的两天。一个护士提着白色的医用木提篮走进来，将几样东西放在床头柜上，二话没说就走了。

何瑾秋没住过院，妈妈住院也是一年前的事情，并且基本在重症监护室。何瑾秋将妈妈在病房里的事全忘了，她有一个特异功能，可以很快清空没有用的记忆。生活艰难、工作忙碌，要记住的事太多。公司每天都有忙不完的事，每天加班到凌晨的日子让她精疲力尽。能在医院待上两天对她来说已是奢侈，手里的工作是一分钟也不能落下,不然经理就能立刻找到替换她的人。

还记得刚入职的时候,面试官问她有没有成家,有没有生育的打算。后来,她才明白,公司要的不过是一个不会被家庭责任转移注意力,不休产假、育儿假、探亲假,为公司二十四小时尽职尽责的机器人。在这个涡轮似的社会里,她几乎都做到了。

何瑾秋侧身拿起护士放在桌上的东西,看了半天,也没看出个所以然。那个男人似乎看出何瑾秋不懂护士的意思,说:"护士让你明天一早,用它们取大小便。"

何瑾秋"嗯"了一声,又举起那个小塑料勺子:"这个呢?"

"这个勺可以控制大便的量,那个小吸管是用来吸小便的,装好后将它们放到过道那个洗手间门口的桌子上,注意看分类箱,不要放错了。"

何瑾秋点了点头,又拿起这些东西认真看了看上面的刻度,对它们的排斥大大减小了。

"你得了什么病?"他从暖气片上拿起毛巾,把它们一条条地对折、放好。

何瑾秋说："我没病，只是来这儿住院检查。"

"14床的也跟你一样，是来检查的。14床的明天做心脏造影手术，今天回家去了。"他又继续把红色盆里的几条湿毛巾拿出来，拧干，搭在暖气片上。

何瑾秋看了一眼12床。

他说："12床的大概也是差不多的情况。"

何瑾秋完全放松下来，看他在那收拾，她也从包里拿出一双她刚在楼下买的拖鞋摆在床边。何瑾秋问："你贵姓？"

他直起身，笑着说："我姓杨，床上的是我爱人。"话说完，那妇人也有气无力地歪了歪头，朝她看了过来。

何瑾秋蒙了，这怎么可能？但何瑾秋没敢表露出她的惊讶，故作镇定地问道："她得了什么病啊？"

"糖尿病，又得了尿毒症。"

"糖尿病怎么会住在这里？"何瑾秋意识到他也许早向她解释过了，但是自己一直心不在焉，没听清楚。

"她在这儿每天都要去做肾脏透析，肾透析在另外一个病区。”他搭完毛巾，把红盆子推进床底，重新站回床边，又拿起了妇人的脚准备给她揉。

何瑾秋想问他们怎么不住在那边，话到嘴边又打住了。

“你们一直住在这里吗？”

他一边脱下妇人的袜子，一边回答道：“是呀，在这儿住了段时间了，她是因为急救才住进来的。不过，过几天就要出院了。”

“做透析要花多少钱？”

他看了看何瑾秋，但眼神里没有恶意。他似乎很乐意回答她的所有问题。

“透析不要钱，都是国家补贴，现在县里也可以做了。透析就是延长她的生命，她的糖尿病已经有并发症了，非常严重。”

“阿姨多大年纪了？”那妇人看了男人一眼，也等待着男人回答眼前这个女人的问题。

“四十七岁，她二十多岁就患上糖尿病了。现在，她也知道是在拖天数，造孽啊。”说完，他没有看妇人，依然一刻不停地给她揉着，一会儿又换了一只脚揉。她依然平静地哼哼两声，缓缓闭上眼睛。在下一次发出声音时，她的眼睛就睁开来，散淡地落在某个地方，像是那个地方才是她要搜寻的节点，然后又再次深深地闭上眼睛。她的等待跟时间像是并行一般，不声不响地朝着某个既定的方向滑行，波澜不惊，像是赴约一般不疾不速，而她的家人正在用相反的方式，等着她滑向那个既定的终点。

5

窗外开始下雨了。她很少从雨声中醒来。在北京，几乎很少下雨。最初，雨打在玻璃上的声音，像是落在玻璃容器里，声音嗡嗡地闷在某个地方。她坐了起来，发现大家都起来了，屋里没有开灯，自然光线变得越来越亮，病房里一反往日，大家都像被雨浇透了，默不作声，做着自己手里的事。

隔壁床的老杨穿着一件灰色的毛衣站在窗户边上看

雨，见大家都醒了，他把窗户打开透气，雨声开始变得更近了，更敞亮了。

看见何瑾秋洗漱后也向开着的窗看去，老杨便不好意思地笑笑，说自己很喜欢雨，他们这样的人就是喜欢雨。

他告诉何瑾秋，他们是果农，住在河北涞水县，女儿女婿在北京打工，他们就来北京治病了。女儿在一家超市当收银员，女婿当完兵转业，现在在一家快递公司送快递。何瑾秋惊讶地问："他们那么小就结婚了？"

"农村人出来早，没上几年学。现在，两个人还没办婚事呢！"他笑了起来，快速地搓了搓手，把手焐到那妇人的脚上，不好意思地说："他们上中学就好上了，我们也把他当女婿。不过，他们很快要办婚事了。虽说今年是寡年不宜办婚事，但她妈妈说不准哪天就没了，这种事不好讲的。"

"你们家一直都种苹果吗？河北不种水稻？"

"之前耕地种田赚不到钱，一年苦到头只够吃饭。这十多年来种苹果，一年有十多万的收入，比种水稻强多了。"他将妇人的袜子给她穿上，从床底下摸出一个苹果和一把水果刀,低头开始削起苹果来。

何瑾秋脱掉拖鞋,回到床上,将身体靠在枕头上,心里想着,这会儿妈妈是不是在分时间吃药?她有没有把中午那口饭吃完?小时工阿姨这会儿走了没有?她总是装作听不见电话,或者将手机调成静音。

何瑾秋没有告诉阿姨自己要住院检查,不能让她对自己的身体状况有丝毫的怀疑,从而在家里制造出不必要的紧张气氛,给妈妈增加压力。妈妈虽然不能说话,但是她听得见。问她话,她能点头表示明白。她还有一只手可以动,可以滑动轮椅去饮水机那儿接水。

自从何瑾秋的爸爸离开妈妈之后,妈妈对何瑾秋的依赖就像个小孩子依赖妈妈那样,常常用惊恐、试探的眼神看着她,明知道她要去上班,却还要用眼神追问她去哪里。妈妈担心何瑾秋将她一个人丢下不管,就像小时候,她将何瑾秋放在姥姥家一连几天不见,给何瑾秋带来的不安和焦虑一样。

长大后,何瑾秋曾为她在自己心里留下的恐惧而怨恨过她。而她跟何瑾秋说小孩子都是这样长大的，大人要忙工作挣钱。如果何瑾秋表达出对她的不关心，或者控制不住地凶上几句，妈妈就会哭丧着脸说：“我也是妈妈的女儿啊！我过世的妈妈知道你这样对待我，会很伤心的。”

她不明白，妈妈为什么要这样说，为什么要说这些扎进心里，可能让她一辈子都忘不了的话。妈妈有没有想过她将来会在无数个夜晚，因为这几句话而愧疚得翻来覆去睡不着觉？细细想来，何瑾秋也没做什么不可原谅的事情，她不过是顶了几句嘴而已，至于让妈妈如此责备吗？

小时候，何瑾秋可以去幼儿园，但遇上学校放假了，妈妈不可能带着何瑾秋去乡镇上班。上班的地方很远，在她们城市的边界，妈妈坐公交车要从北面坐到南面，每天来回就得两个多小时。

那时何瑾秋还小，当然不会懂得妈妈的辛苦，不知道妈妈经常还得下到村子里去工作。妈妈经常把何瑾秋放在姥姥家。姥姥家有一部黑色的电话机，它的正上方墙上挂着一个猫头鹰时钟，何瑾秋坐在沙发上看着钟摆摇来晃去，想给妈妈打个电话，但也因姥姥说不要打扰妈妈的工作而打消了念头。有时候，妈妈会在午饭前打来；有时候，妈妈可能忘了。她不知道，妈妈是不是像自己这样时时刻刻想着她，有可能是把她忘了？

何瑾秋站在姥姥家阳台的凳子上，她每天都那样站着等，不知道妈妈什么时候会从那个斜坡上走下来。风吹乱她的长发，妈妈面色愁苦地朝着她走来，那是何瑾秋最高兴的时刻。

是那个时候开始的吧？“共生”这个词来到了她们中间。正是因为妈妈的缺席，让她有了严重的分离焦虑症。后来，她上了几节心理课，才知道她面对的这些都是童年的课题。以前，她知道每天要和妈妈通十几个电话不正常，但是她摆脱不了和妈妈的这种共生的羁绊，她们只有彼此。

有时候，她也会故意切断和妈妈的联系，告诉她，她们这样的关系在心理学上叫作“共生关系”，是极其不健康的。每次聊到这儿，她们总会不欢而散，妈妈会问她谁家的母女关系不是这样的？不然，怎么称为母女呢？

是啊，妈妈老了。何瑾秋也告诉自己，你不能要求她改变什么。再说，她的出发点从来不是为了伤害你，或是让你刻意长成一个不健全的人，她的出发点是出于爱你。

何瑾秋还是忍不住拨打了小时工阿姨的电话。如她料的那样，阿姨不接电话，打妈妈的电话也没人接。也许扶妈妈坐轮椅时，阿姨没有将手机放在轮椅上，不然妈妈是可以听电话的。她听得见何瑾秋说话，虽然她不能说话。只要电话接通了，一切就是正常的。

6

何瑾秋手握电话，心里还在忐忑。这时候，老杨削完苹果又开始说话。他说，每年他们家苹果的收成比别人家的都好，而他摸索出来的秘诀，也只会告诉自家亲戚。

“满山的果树在春天开粉白色的花，山坡上像雪花飞扬一样喜人。”老杨的话让何瑾秋脑子里突然浮现出那样的景象，她想起了一个她从来没有办法理解的“春天的熊”

的比喻。在村上春树的小说里，她问他，你有多喜欢我？他回答，春天的原野里，有一只小熊迎面走来，问她是否愿意和他一起打滚、玩耍。就这样他们抱在一起，顺着长满三叶草的山坡滚了下去。他问她，这听起来棒不棒？她说，太棒了。他说，他就是这么地喜欢她。这句话她听不同的人说过，但到现在她都实在无法理解这是什么意思。喜欢和春天的熊、山坡、三叶草有什么关系？

老杨把苹果放在掌心，切下一小块放进自己的嘴里，说："这个时候就该打第二遍药了。第一遍药在四月初就打过了，是为杀死越冬的害虫。有些人不懂，打药只打树干，而不知道树根周围的杂草都要打。病枝枯叶都要清理掉，不然病毒会卷土重来。害虫在地底下过冬，它们翻身很快，所以不是所有的果农都有好的收成。果树长虫，果子就长不好，产量小，卖相不好看。"

说着，他放下刀和苹果，转过来背对着何瑾秋，给妇人翻了个身，让她面朝窗外，女孩也起身过去帮着抱脚，他们齐心协力地给她翻了个个儿。妇人又轻轻地哼了哼。她总是有节奏地发出那样的声音，像是她已经习惯，或者那个声音是她的身体发出来的，每隔几分钟就会自然地发出那个声音，他们早已习以为常。那个细弱的呻吟就跟她的呼吸一样，他们已经感受不到声音里隐含的痛苦和绝望，对他们来说倒像是她正常的出气声。

“种果树有窍门，很多人不懂得这些，以为随便一喷，虫就死了。花刚开时是最该打药的，不会打就伤着花，花都伤了，果子就不会好。这些都是卖果树苗的人告诉我的。村里人不爱学习、不爱动脑筋，他们闭着眼睛种果树。农药的浓度高了，花烧伤了，不结果不说，即使结出来了，品相也难看。”老杨为什么要跟何瑾秋说得如此详细？或许老杨每见着一个人就会把上面的话重复一遍，只是为了自我表达，他从不在意听的对象是谁。

他用矿泉水瓶子给妇人喂水，何瑾秋问：“她能喝凉水吗？”

“透析的那天不可以喝。几十年来喝惯了凉水，不喝还不习惯。”她喝了很久，侧着身体用吸管喝。即便喝水，她也会发出那个声音。

老杨说："多喝点，你看水一点没下去。"她只是含着吸管而没有用力吸水，那个女孩走过来捏了捏吸管，让水畅通一些好被她吸进嘴里。

"打那么多次农药，对人身体怕是伤害很大吧？"何瑾秋说。

"所以，每次打药都要戴密封口罩呀！"他将矿泉水瓶放在一边，用毛巾擦了擦妇人的嘴角，吸管上的褶皱处开始出现破损了，水从那里滴下来，滴到床上。

何瑾秋说："我的意思是，那样打药，苹果的毒性不就增加了吗？"

他明白过来，笑笑说："不会的，打药前就给它们套袋了。套袋就是给每一个果子套上袋子，防止虫害长驱直入，也防止农药附在果子外层。"

何瑾秋问："你这样在行，是不是比村里人挣得都多？"

他不置可否地笑着说："当然，我比他们先种了好几年。后来，我也卖果树，也卖肥料和农药。"

何瑾秋看着他，想象着二十年前，他在山坡上种果树的情景。当村民们还在懵懂之时，老杨家的山坡上已经开满了苹果花。他说，他是从一个姓赵的人在盆里面种苹果树得到了启发。那个人将果树种成盆景，开花时，他将它当盆景卖掉，到了秋天，果子挂得满枝都是。那个人的盆景卖得非常好。他动了心，从卖果树苗的人手里买回树苗，开始种果树。种果树的头一年，果子卖了几百块钱。

“村里人后来都种果树了，每年我们家的收成依然比别人家的收成好。”何瑾秋看看他，也并没有看出他比别人聪明的样子，相反，显得憨头愣脑。他是个踏实的农民倒是真的，站在他老婆的床前，手就没有停下来过，不是帮她按背就是按腿。老婆一句话都没有说过，除了哼哼几声，两只眼睛转来转去地听他说话。

买肥料跟买药的渠道非常重要，他们村大多数人都是从他那儿拿药，也有人想撇开他去拿药，结果拿到的都是假药，从而导致满树的虫灾。他说，他进药的渠道是卖果树苗的人给他的。卖果树苗的人没有想到，他会撇开自己去买药。那个整天到处跑的人没想到,看上去傻傻的老杨,也会来这一手。村民买老杨的农药,也可以按照说明书或商标找到批发药的地址。这个他早就想到了,当初他就是用这种方法,从卖果树苗的人那儿找到了卖药的批发商。所以,他将拿回来的农药,都换成自家做好的包装,这样一来,来他们家买药的人就无法撇开他,找到农药或者肥料批发商了,他也可以小赚一笔。他说,这是智商费。

何瑾秋问他,那么甜的苹果,是不是跟传说的一样,打了什么增甜剂。他笑起来,露出一口牙齿,憨厚地说,现在是科学种植,使用的试剂对人畜都无害。妇人又哼了一声,他将矿泉水瓶里的吸管抽出来,盖好瓶盖,将瓶子放在床头柜上。接着,他们将她抱起来摇高床头,女孩开始用梳子给她梳头。她的头发稀稀拉拉如同几根稻草,女孩从水瓶里蘸了点水,用水轻轻地梳妇人的头发,边梳边跟她小声地说着什么。然后,女孩慢慢将她的头发编起来,编成两根细长的辫子,再用皮筋扎起来。这样,她的脸和眼睛就完全显露出来,如不相干的两个物体,无法将它们连成一体。何瑾秋想起小时候爸爸妈妈也经常给她编辫子，妈妈编的辫子总是松散，怕头发绑得太紧伤头皮，到下午就显得乱蓬蓬的了；爸爸编的辫子持久度要高一些，但总是扯得她头皮生疼，去掉皮筋后，头发还会高高扬起。

“有些苹果长那么大，是不是打过膨胀剂？”

“你说的那叫‘膨大剂’，不叫‘膨胀剂’哟！”何瑾秋看着老杨将热水倒进盆里，拧干毛巾给妇人洗脸。他轻轻扶住她的头，仔细地在她脸上擦了一遍，又去搓洗，又给她擦了一遍，然后将脸盆里的水倒进厕所。他松了一口气，继续说道：“开始，有些果农为了果子个大，就打膨大剂，一个个鲜亮透明的大果子看上去喜人，但这种苹果存放的时间很短。再说，打膨大剂破坏了果树的养分，下一年枝丫长得多，开花的少，挂果自然就少。”

这跟杀鸡取卵是一个道理，何瑾秋想。

也许是在医院待的时间久了，老杨很乐意向一个陌生人说起他们家的果树，说那些何瑾秋根本听不懂也不会感兴趣的果树。他老婆年轻时身体就不好，每次出门干活，她就坐在旁边看他。他们在一起生活了二十多年，生了一个女儿。

坐在床边过道上，不是吃东西，就是拿着手机玩游戏的女儿，如果被何瑾秋妈妈看见，会认为这个姑娘绝对无可救药。在何瑾秋家，面对一个将死的病人，是一件多么沉重、多么不堪重负、多么无法承受的事，怎么可能还拿着手机打游戏，甚至打得有说有笑，还和人联机开麦呢？何瑾秋也觉得不可思议，人与人的关系要淡到什么程度，才能这样坦然面对疾病和死亡呢？

何瑾秋不知道老杨为什么每天都在回忆他的果树，还是他只有想起果树，才能让他在面对死亡或者渐渐远去的时间里感觉有稍许的温暖？回忆土地、回忆果树和曾经的种种，是不是在回忆自己的生命历程？当然，老杨不会这么说，更不会这么想。他没有这般矫情，无论生或者死，对他来说，也许都是自然平淡的事，就如同他种果树一样，春耕秋收，一年又一年。老婆的生命在一点点丧失，跟时间相比，密集的记忆都会消散，四十七岁这个年龄还不算太老。

她想起初中课文上学到托马斯的诗歌，大概的意思是让植物的根茎生长的力与让我变老的力是同一个。何瑾秋想，所以让妇人迅速衰败的力和她血液里流淌着的那个在衰退干涸的力也应该是同一个。

人在脆弱和生病的时候，心理上总要有一个情感的依托。小时候，何瑾秋心理上的依托是她想象出来的一个男性朋友，她给他起了个名字叫张辽。这个张辽在她的日记里消失之前，她为他写了九年的日记，把能说的不能说的，都以信件的方式写了下来。后来，她恋爱了，不久又分手了。这个人既不叫张辽，也不叫她希望的与众不同的什么名字。也许，她对他的厌倦就是从名字开始的。她跟男朋友分手四年了，她也不再是一个小姑娘了，说再多娇气、自我怜悯的话都不合适了。

7

何瑾秋第一次感到死亡是触手可及的。就算妈妈摔倒住院，“死亡”这个词也从来没有离她这么近过。“死亡”不仅仅是个词语，它在不知不觉中成为一个形状，在老杨的回忆里打上一个结。何瑾秋随着他们看向窗外，窗外初冬的阳光照在树叶上，金光闪射回到窗玻璃上。妇人咿咿呀呀地说了些什么，老杨立马伸手去摸她的背。他说，发红了，拿药膏来。女孩从柜子抽屉里取出一管药膏给她抹上，两个人一个扶着她，一个轻轻给她搓揉。

何瑾秋想起这么多年来，爸爸和自己一直生活在妈妈病痛的影子里。妈妈跟爸爸离婚前，用病痛控制着爸爸，让他每天从焦头烂额的各种药物里，清理出另外一个自己。他总是走神，总是晚回家，最后他出轨。何瑾秋想，有一半原因应该是不堪重负。妈妈喜欢在冬天来临的时候，用两个中药罐子交替着在火上熬药。她用药味、用无尽的大大小小需要治疗的疾病逼走了他。

自从他们离婚后，妈妈就将情感跟生活的寄托全部压在了何瑾秋的身上。何瑾秋不得不跟她住在一起。何瑾秋租了一个两室一厅的房子，之前一直是跟别人合租。妈妈住过来的时候正好是冬天，她从她的城市带来了一包又一包捆扎好的中药和两个药罐。何瑾秋以为她将这些中药熬完之后，这个屋子就该消停了。谁知道，放在阳台过道里那堆积如山的药包还剩下一小半的时候，她每天站在那儿扳着手指数来算去，何瑾秋心中窃喜总算要结束了，可是过不了几天，大包的快递很快就将空缺补上了。室友本来要忍受她们到春天的，可是她突然就搬走了，这就意味着那一半房租得何瑾秋独自承担了。好在妈妈愿意拿出她的退休金承担大半房租，她是因为要来跟何瑾秋一起生活，提前退休了。

那天，何瑾秋拿着刚送来的一包中药快递，一边拆一边对妈妈说："是药三分毒，一个人长期泡在药罐里是会将肝脏毁掉的。"

妈妈完全不理会她的话，戴上眼镜——是一副看不出是老花镜的粉框眼镜，打开药包一一指认那些药材的名字。她的手指在阳光下反反复复拨弄着药材，嘴里一边念念有词："当归、枸杞、茯苓，还有板蓝根。"她的指甲上有一道一道的竖纹，草药的碎屑沾在她满是皱褶的手上。妈妈告诉何瑾秋它们的功能，并且建议何瑾秋也试着喝点中药调理身体，不要总是压力那么大。她取下眼镜，何瑾秋看着她皮肤上生出来的星星点点的老年斑问："是不是人老了都喜欢吃药?"

她神情黯淡下来，郁郁地将眼镜收回盒子里说："我不是担心生病吗? 人生了病，除了给子女添麻烦，自己活得也没有滋味。"

何瑾秋记得妈妈跟爸爸离婚后，不久就找了一个男朋友。男朋友的朋友在跟她一起吃饭时，无意间说起自己的老婆得了子宫肌瘤，一直没有引起家里人重视，想着是妇科常见病，医生也说绝经了自然就好了。后来的一天，他的老婆在上班时突然昏倒了，住院后查出来是子宫癌晚期，并且已经转移到肝上，连治疗的机会都没有了。

那个朋友只是在闲聊时说到自己的痛苦，何瑾秋的妈妈却听到了心里，像一枚钉子那样钉了进去，让她整天坐立不安。据说，何瑾秋的家族有子宫肌瘤病史，何瑾秋的姥姥在很年轻时就切除了子宫，而何瑾秋的妈妈在生何瑾秋之前做过一次人流，医生说她的宫内有黄豆颗粒大小的瘤，是进行清宫手术时说的。

二三十年过去了，那个黄豆大小的颗粒在漫长的时间里，长成了葡萄大小的一串瘤子，医学上就叫葡萄瘤。医生说要做手术切掉，也有医生说不用切，绝经了就好了。何瑾秋妈妈犹豫再三，拖了很多年都没去做手术。

妈妈不听医生的，却在听了那个朋友的话后，毅然决然地去医院做了子宫切除手术。住院手术时，她没有告诉何瑾秋，医院要求家属签字，她就打电话给何瑾秋爸爸去给她签字。何瑾秋也佩服爸爸居然去给她签了字，还在医院陪护了她一个晚上。那个晚上，好几次，何瑾秋的爸爸都睡着了，他忘了吊瓶里的盐水输完一瓶要叫来护士换另一瓶，护士则想当然地以为盐水吊完了家属会按铃。何瑾秋的妈妈双手绑着各种检测仪器无法动弹。她说，其中一次她自己感觉盐水挂完了，就叫何瑾秋爸爸，却发不出声音。后来，护士进来，念念叨叨说盐水干了几次，怎么这样守护病人。

妈妈还说，何瑾秋她爸爸在她手术前看都没有看一眼单子，就签字了，心简直太狠了。何瑾秋说，他为什么要看呢？你都决心做手术了，那些条条款款是固定格式，又不是针对你的病例设定的。妈妈说，他就不怕我死吗？何瑾秋说，你都不怕死，他怎么会怕？妈妈说，我就是因为怕死才去做手术，我死了，你一个人在这个世界上怎么办？你以为一个女人无故愿意去切掉自己的子宫？

妈妈没有告诉新找的男朋友她做了子宫切除手术，甚至没有让单位的人和朋友知道。她是过于追求完整的人，她的生殖器官要被摘除，那时她也才四十多岁，对她的打击很大，尽管是她自己的选择，而不是出于无奈。她惧怕疾病转换成不治之症的程度超出常人的想象。何瑾秋记得妈妈有鼻炎，妈妈的二舅母就因为鼻炎最终患上了鼻癌，痛得不能忍受而跳了楼。妈妈惧怕那样的事发生，四处求医问药。有一次，她正好去医院看鼻炎，结果拍出来有严重的鼻窦炎，鼻中隔还偏曲。

那时候的她还不明白什么是微创。她说，那天下午，她还要去开会，她以为做完微创手术就可以离开医院，医生就是这么对她说的。鼻炎微创手术就是对鼻甲进行相应的治疗，有的还对下鼻甲进行等离子消融。手术后并不如她想的那样立马可以去开会，而是要进行消炎处理，给她打上吊针。因为护士没有经验，点滴的速度过快，还差点造成她昏厥。事后，她以为她的鼻炎从此就控制住了，不无得意地告诉何瑾秋有病就要处理，以防后患。殊不知两个月后，她的鼻炎又严重起来，她又四处求医，后来是靠吃中药控制住的。

8

做子宫切除手术之前，何瑾秋的妈妈将所有的存折放进一个大信封里，写好了遗嘱，然后告诉那个男朋友，她出差去了。她发短信给何瑾秋的爸爸说，如果她没从手术室活着出来，她给女儿的东西全写在信里了，东西在保险柜里，密码用了他们三个人生日的各后两位数，一定要将东西交给女儿。也就是说，手术前，她给何瑾秋写了封信，讲明了钱的所在，以防万一。然而她活着出来了，所以何瑾秋跟爸爸都没有看到那封信，留给何瑾秋的存款自然就没看到。因为这件事，没多久，何瑾秋也写了封类似的信。如果出了任何意外，这封信可以证明她所有东西归她妈，她爸什么也别想拿到。是啊，这个世界上，她只有妈妈一人可以相互依偎、相互取暖。时间流逝下，妈妈从一个亭亭玉立的女孩，变成了一个秃了毛，而且还不会下蛋的母鸡的模样，真是莫大的悲哀。

切除子宫后的妈妈性格怪异，很快就跟男朋友分开了。她进门出门必换衣服，哪怕是去拿一个快递，也不停地洗手、消毒。跟何瑾秋微信视频时，何瑾秋看见她往手上喷酒精，用消毒湿纸巾擦手机。何瑾秋告诉她酒精伤皮肤，她却认为跟感染细菌相比，她宁可选择小小的伤害。

她外出买食物时，不让卖东西的人说话。别人一说话，她就说不要了，说是唾沫星子喷到食物上了。为此，她常常跟人吵起来。她每天起床第一件事就是给何瑾秋打电话，问何瑾秋起床没，吃早点没？她说，北京太大，女儿一个人她不放心，她想提前退休来北京照顾女儿。何瑾秋告诉她，北京是最安全的。她还是不放心。何瑾秋说，她患了被害妄想症。妈妈甚至给她设置了聊天暗号，每次在讲话前，妈妈会问她暗号，她就会通过回答妈妈身上长的某颗隐秘部位的痣，来证明自己是她的女儿。

中午一过十一点半，何瑾秋准能接到她的电话。有时候，何瑾秋还在会场参加会议，她通过电话听到那边领导在讲话，麦因为领导的手触碰的原因发出吱吱的电流声。她只要听到何瑾秋的声音，就会挂掉电话。可是，如果何瑾秋没有发出声音，她就在电话里“喂喂”一阵，直到何瑾秋不耐烦地说一句，没死，还活着呢！

她并不生气，挂电话时还不忘说句，没有家教的玩意儿！

晚上回家一个电话，睡觉前一个电话，何瑾秋感觉整个人都在她编织的网眼上吊着。忍无可忍时，何瑾秋故意晚上在她打电话前关掉手机。这样做非常残酷，妈妈整夜难安，不停地打电话，也许是她累睡了，但睡醒了又打。第二天的开机信息中跳出来的红色号码同样令人崩溃，那是一种既罪恶又无法喘息的感觉。

妈妈大概就在那个时候患上了抑郁症。渐渐地，电话少了。有时候，电话通了，何瑾秋还没有说话，她就说，好吧，就这样。何瑾秋会傻愣愣地半天反应不过来，拨过去，她又不接了，何瑾秋以为她是在欲擒故纵。也是在那个时候，在日常生活中，她开始戴上老花眼镜，她们微信视频时，她戴着老花镜，表情木讷，不看镜头，总看向窗外。她们家住的楼房对面楼顶上种满了花草，那儿有两棵盆栽的橘子树，冬天，雪落在黄澄澄的橘子上，冰凉剔透的样子增加了冬天的寒冷。

何瑾秋不得不将妈妈接来一起生活。妈妈来了以后，又有了新的生活热情，就是每天开始熬中药，她依赖那个气味的程度超过了喝下它。直到有一天，何瑾秋不小心打破了她的药罐，何瑾秋以为没有药罐她就消停了，但她又从橱柜里拿出来一个备用的，举在何瑾秋眼前晃晃说，不要再打碎了，这回没有备用的了。

不久，何瑾秋又将药罐摔碎了，这一次真不是故意的。正想着怎么给她一个交代，站在窗前的何瑾秋，就看见朝楼道走过来的她在看见自己时加快了速度。她手里抱着东西，结果摔倒了。何瑾秋看着她，以为她会自己爬起来，但是她没有爬起来。何瑾秋感觉到事情不妙，拿着手机从楼上冲下去，边跑边打急救电话。

9

她梦见妈妈缩成了一个只有《指环王》里怪物那么大的小人，就像一只快不行的仓鼠躺在纸巾上，身体软塌，慢慢失去水分，纸巾下方吸收着不知从哪流出的脓液。接着，她推了一下妈妈，但她怎么也推不醒妈妈。

就在这时，何瑾秋被突然的一声巨响惊醒了。这样的声音已经不是第一次了。之前，他们在打开折叠床时一失手，床“砰”的一声掉到地上，吓得何瑾秋的心狂跳了好一阵；喝水的杯子也会“哐当”一声掉到地上，在地板上滚动，从这一头滚到那一头。这会儿，那个女孩手里的盆掉到地上了，他们正在给妇人搓洗身体，水流了一地，小伙子跑到厕所拿拖把，他们若无其事地处理着一切。

他们不停地说着话，旁若无人地争论着什么，但并不是说盆掉下来了，而是说一些让人一时半会儿听不明白的事。他们仿佛早已经不分白天或夜晚、家里或医院，两个人会突然发出一声尖叫，然后笑起来。微信视频电话铃响了，那个女孩将手机举到妇人面前，手机里发出另一个妇女的声音，她们在视频里说话、大笑，让那边的小孩喊妇人姨婆。

妇人对着视频，何瑾秋看到她一直在笑。她说话口齿不清，却丝毫不影响对方说话的兴致。房间里全是她们的声音，像一块块的碎瓦片飞来撞去。这时，14床的那个女人进来了，她的丈夫老刘跟在她后面。走过何瑾秋的床位时，她微微侧目。老刘边走边用温和的声音问老杨，来会诊的医生是不是已经走了？

十分钟前是来了一个医生，站在门口问了一声14床的去哪里了，随后他就走了。老杨给14床的打电话，他们就回来了。

老杨跟他们说着话，妇人依然没有停止视频电话。何瑾秋偷偷朝14床那个烫着极短的卷发的女人看，发现她即便快六十岁了，但皮肤白净得如同凝脂一般，即使有医美留下的痕迹，一看就知道她没有受过什么罪，让人不得不承认命运不可能是公平的。

14床的他们家在北京，她之前在部队文工团工作，转业到地方后，在一家文化单位工作；她的丈夫老刘是山东人，转业后在北京什么部门做领导。老刘温和而冷静地坐在凳子上，看着那个女孩将手机举起来又放下，手机视频里的人像是不知道病房里坐满了人，一阵阵笑声传过来。老刘夫妇像是什么也没听见，各自看着手机。

又进来了两对夫妻，他们是老刘曾经的部下，转业后老刘给他们安排了工作。他们热热闹闹地来探望14床的病人，病房里一下子塞进来六个人，加上老杨家四个人，整个房间感觉有点水泄不通。女孩见人多，关掉手机跟着小伙子出去了。老刘的战友坐在那张折叠床上，男人们说的是山东话，语速很快，女人们围坐在床上你一言我一语，病房里跟炸开了锅似的。何瑾秋认真听着他们的对话，知道了14床的她在家突然倒地，然后被送进医院抢救，已经来了很多天。除了要进行造影检查外，她的血管上还出现了一个不明肿瘤，这是医生来会诊的原因。

老乡、战友、上下级、恩人，错综复杂的链条要多铁有多铁。何瑾秋羡慕极了，人多势众是多么幸福的一种生活。14床的女儿、女婿也在部队，女儿三十多岁，生了三个孩子了。听到这里，何瑾秋竟然有点黯然神伤。14床的女人跟何瑾秋的妈妈一般年纪，她的女儿跟何瑾秋一般年纪，人家女儿已经是三个孩子的妈妈，而何瑾秋连婚都没有结，更别说生孩子了。而且何瑾秋这个年龄，再怎样也不可能生出三个孩子，年龄不允许，条件更不允许。女人和女人之间真的是有区别的，命真的也有贵贱之分。何瑾秋也差点结了婚，不是吗？她和他谈了四年，然后他离开北京，然后分开，留她单枪匹马继续在北京打拼。为什么要留下来？因为海阔天空。其实真正的海阔天空，大概只是激励跟想象。现实是比想象的更逼仄、更狭小的人生，也是值得过的。

14床的女人似众星捧月般坐在那儿，细皮嫩肉，柔声细语。何瑾秋向她问起她的女儿时，她遮遮掩掩的，大概是觉得一个外地人问这么详细是对她家有企图。他们早就习惯了所有的关系都是有所企图的。看得出来，他们跟老杨关系很自然随和，老刘也用老杨的热水瓶倒水喝。

他们热闹地说着话，妇人像是安静地睡了。老杨坐在床边的矮凳子上弯着腰低着头玩手机。他的女儿跟女婿进来转了一圈，见没有地方可以坐，两个人就又出去了。初冬的天气还不算太冷，他们穿上羽绒服为的是晚上好坐着或躺着过夜。

老刘出去了，他的战友也跟了出去。不一会儿，他们又回来了。他们出门找医生，没找到，站在门口说，回家吧，明天的手术也不知道是什么时间做，早点来就行了。他们又闹哄哄地走了。

终于安静了，何瑾秋闭上眼睛，很快就睡着了。夜里，何瑾秋听到一声惊叫，然后是快速跑过来的脚步声。灯开了，老杨从躺椅上跳起来。是那个女孩的声音，妈呀！妈呀！你怎么掉下床来了？他们一个抱头一个抱脚，惊天动地地将妇人抬到床上。

女孩责备老杨，你怎么就睡着了？老杨说，我看到她睡着了，我才睡着的，谁知道她会装睡。女孩跑去，叫来值班医生。医生边做检查边说，她怎么有那么大本事？管子都拔了，如果出血，我们就没有办法处理了，你们怎么看护病人的？她把氧气管也拔了，太危险了，要出人命的。

何瑾秋睁着眼睛躺在床上，静静地等着他们消停下来。医生走了，护士来了，几个人手忙脚乱地给妇人上氧、打针、挂盐水、插尿管。小伙子从外面走进来，悄无声息地站在门口。护士们忙完了，小伙子才走到床边站着，他们三个人都站在床边。妇人很安静，她一动不动地躺在那儿，像是什么也不曾发生过。

何瑾秋问女孩，你妈妈跳下床了？女孩说，她跳下床跑进了厕所。何瑾秋说，她想自己小便？女孩说，她根本不可能小便，导尿管插在身体上都没有导出尿来，不知道她发什么神经,居然跑到厕所里面去了。

女孩睡前怕吵到妇人,将一张躺椅抬到门口,深更半夜她睡在门边,竟然听到她妈妈进了厕所。现在,他们一家人都站在那儿看着妇人,午夜惊醒后,确实不好再入睡了。何瑾秋的脑子也乱糟糟的,她翻来覆去无法入睡,却有了个新发现。这个妇人也许脑子有问题,从来没听见她说过一句清楚的话,眼神也是涣散的,也许她不知道自己会死,也许她想死呢?

想到这儿,何瑾秋迷迷糊糊地睡过去了。

10

天还没有亮,护士就来抽血,扎指头查血糖。走廊里,也开始有人走动。起来后,何瑾秋就开始按照要求,将大小便样品放到指定的银色托盘上。回来时,却发现12床的病人坐在床上。

她跟14床的一样,两个人都是要做造影,并且她们的主治医生是同一个。有两个人坐在过道的椅子上，他们看上去不像夫妻，近四十岁的样子，两个人各看各的手机。14床的那个金贵的女人也来了，她红光满面地走进来。跟她相比，12床的女人虽然年轻，却显得有些人老珠黄。

男护工将一辆手术椅推到门口，叫12床。何瑾秋问男护工，她为什么要坐这个？她不是好脚好手能走吗？穿深蓝色衣服的男护工满脸铜黄，一张口露出一嘴锈水牙说："不坐这个车，万一病人的血液往外冲就麻烦了。"何瑾秋不爱听他说病人，不过是做个检查，什么病人不病人的。

12床的问，做完检查，是不是还要坐这个轮椅？护工笑起来说："你去的时候都坐，出来怎么可能不坐？前几天，一个女的做完造影手术出来，她感觉自己一点问题都没有，非要自己下地走路，结果她走进厕所，血管上的伤口就崩了，医生过去都没来得及抢救，人就没了，就为了节省六十元的手术车费用。"

12床的不再说话，她坐在手术轮椅车上，她的丈夫起身跟在后面。二十分钟后，这个男护工又站到了门口。不过，这一次他推的是手术床，他喊14床。14床金贵的女人走到门口说："怎么不是轮椅车？"他说："这个是随机的，遇上什么就推什么。"她说："我好端端的，让我躺上去，也太难看了。"他说："那你坐在上面吧！"她的丈夫扶着她，她爬到床上，穿着粉色的睡衣坐在上面。

13床的做透析去了，病房里只剩下何瑾秋。她的管床医生是个精瘦的小伙子，看上去不知是实习的，还是才从学校毕业工作的。他的年龄小得让人无法对他产生信任，往小了说，简直就是个刚参加工作的"00后"。他一会儿进来让她为一张单子签字，一会儿又送来一张让她补填。上面的内容她看都没有看，大概都是明天手术时可能出现的情况，签了字就一概与医院无关了。那些字密密麻麻的，不是专业学法律的根本看不懂自己的权益在哪里，只能闭着眼睛签，何况他也没想要她看清楚，指着这儿，翻页又指着那儿，签吧，该死不得活。

签完字，何瑾秋已经累得筋疲力尽，刚想睡，男护工推着12床的回来了。她坐的还是轮椅，一只手扎着绷带。

她一个人回来，躺到床上。何瑾秋问她，你老公呢？她痛苦地侧转头咬着牙说："他啊，我一进手术室就跑了。"何瑾秋不好再问，她闭上眼睛躺平了说："我们早该离婚了。"何瑾秋说："你们没有小孩？"她说："结婚很多年，一直没有，不知道我们谁没有生育能力。"何瑾秋以为她在玩幽默，不便再继续说话。

12床的女人半睁着眼睛看何瑾秋说："你结婚没有？"何瑾秋也笑笑说："没有。"她说："不结也好，像我们这样结了相互祸害。"她抬起那只捆扎得很紧的手说："真是既胀又痛，医生说要喝光六瓶水，不然做造影时留在血管的药会伤肾，出现肾衰竭，医院可不负责任。"何瑾秋明白了她的意思，是要麻烦帮她拿水。她说，她可以直接喝矿泉水。何瑾秋从床头柜拿出矿泉水说："不行的，要喝热水。"她摇头。何瑾秋看到老杨的床头柜上的大热水壶，就用它来倒热水。

何瑾秋问她老公一会儿会来吗？她说："不会了，他在等着我死。"她说，她挣的钱比他多，两个人早年都喜欢炒股，他总是亏。两个人关系不和，各种吵架、打架，人都整疯了，日子没法过了。她提出来离婚，他说把房子卖了两个人平分。他想得美，买房子的钱都是她挣的，他想来分房子钱！他说，不分房子就不离婚。两个人就不离了，住在一个屋子里，形同陌路。何瑾秋说："那怎么办呢？"她又笑了一下说："怎么办？现在我们都在等着对方先死，看谁先死，就是最好的解决办法。"也就是说，她才三十八岁，他四十二岁，他们都在等着对方先死。

何瑾秋又去给她倒水。她喝得很快，一会儿就将热水瓶里的半瓶水喝完了。何瑾秋不想去打水，就告诉她没水了，一会儿想喝时再去打。她半闭着眼睛说，不是想喝，而是必须喝，不喝就会死。她其实是在自言自语。何瑾秋心里涌起一股不悦，凭什么你喝水，我就得理所当然地去给你打水？原本热水瓶里有水，我不过是顺手帮一下你。

何瑾秋躺到床上继续用手机工作，假装没听见她的话。

14床的女人也做完检查回来了。他们的战友跟在后面，在过道上停下来站着。她那如雪梨般的脸色有些发黄，躺到床上时嘴里发出哼哼声。老刘提着老杨家的热水瓶摇晃两下说,没水了。然后,他去打热水,不一会儿就回来了。他说,没有开水怎么办?老杨之前就说过了,这层楼经常没有开水,得顺着楼梯爬到楼上去,那儿每时都有开水。他的战友接过热水瓶出去了,回来时果然提着满当当的开水。

他们围着14床的倒水,叽叽喳喳地说话。何瑾秋又去给12床的倒了杯热水,她一口喝尽后,何瑾秋又倒了一杯,她又喝了。看来她是渴了,大家都不想死。他们终于安静下来,12床的跟14床的终于隔着一张床交流起来。14床的先喊痛。12床的侧着身体说,是痛死了,给我手术的医生在我手上切口时说,呃,没有切对。天哪,我都快痛碎了,全身发抖。14床的说,我的也一样,切开了,说不对位,又重新去调整什么仪器,人都快被吓死了。

何瑾秋在一边听着,心脏突突地乱跳,早知道这么麻烦就不该来。人越怕死就越受罪。医生又给12床的送来单子,让她去做别的心脏检查项目。这一回,她拿着单子看了一眼就扔到床上说,我才不去做什么检查,我不过是有一次心脏绞痛，有点担心才来检查的。她看何瑾秋一眼，何瑾秋想起了她怕死的原因，那就是她的丈夫还在等着她死去，好将财产照单全收。而在她心里，也在等着那个该死的男人快快死去。至于他们之间的关系，除了三观不合的通俗说法，还因为他不能再创造财富，坐吃山空、躺平摆烂，而她还在不断地拼命。幸好两个人没有生孩子，不然事情会比现在复杂得多。现在，只要他们之中的一个先死去，不管多漫长的折磨和等待，都会结束。

11

14床的和12床的休息了六个小时，医生来给她们的手松绑，她们就回家了。医生说，手术过的这只手不能提重物。但14床的女人走的时候，自然地提起一袋水果，而老刘走在她前面。何瑾秋说，你的手怎么可以提东西？她反应过来，赶紧将水果递给老刘。她说，她不在这里住了，明天就去联系安贞医院，那儿更权威。

13床的做透析还没回来，病房安静了。何瑾秋本想睡上一觉，护士进来说打留置针。一个“00后”小护士站在床前，俯身拉过何瑾秋的左手，她胸前的挂牌正好落在何瑾秋眼前。她还是个实习生，在何瑾秋手上拍打找血管。另一个护士站在边上，一语不发。何瑾秋的血管细，血液黏稠——从何瑾秋姥爷到她妈妈都如此，是家族性特征，可上溯到她妈妈的奶奶那辈。护士拍打来拍打去，始终找不到一个可以下针的地方，就将留置针打在手腕血管最粗的地方，这样何瑾秋整个左手就只能伸直不能弯曲。何瑾秋记得，她姥爷生病的时候，在他手的各个部位打留置针，过一阵就会发炎，所以留置针最后才打在血管最粗的地方。这个小护士一上来就这么做，如果是一个需要长期治疗的病人，下一针该往什么地方打呢？何瑾秋有些生气，问她为什么打在这个部位。看到她小声细气的样子，何瑾秋又想到她的不容易，就没有再继续理论。

何瑾秋又想起该给妈妈打电话了。妈妈应该起床了，如果小时工阿姨准点到家里，她就已经坐在轮椅上了。何瑾秋拿起手机给她打电话，打了很久都没有人接。以往只要手机在她跟前，她会接通电话，能感觉到她的回应。也许阿姨过去给她吃了饭，走的时候没有把手机放在轮椅上，何瑾秋没有这样要求过阿姨。何瑾秋想着住两天就回去了，妈妈一个人坐在轮椅上也能看电视，就没有特别交代阿姨。不过手机响了她应该能听见，她可以单手慢慢滑着轮椅拿手机。何瑾秋又打了一次，响了很久，还是没有人接,可能对方一直是静音状态。

何瑾秋正打算回家一趟，明天一早赶过来，两个护士走进来给她打上吊瓶。何瑾秋问护士，12 床的怎么不打吊针？护士说，各人的情况不一样，主治医生也不一样。何瑾秋问，是不是她的情况比她们都严重？护士说，具体情况她不清楚，只是按医嘱行事。何瑾秋重新躺到床上，心里还想着回家一趟，便问她吊针要打到什么时候？她说，一直打到从手术室出来。何瑾秋又问有多少瓶？她说，就这一瓶。护士离开时对着手表调慢了点滴的速度，速度慢到几乎看不出在滴。

何瑾秋两只眼睛盯着吊瓶，有时候根本看不出它在滴。这样一点一点滴到第二天早上，滴到去做手术！呵，医生用的是水滴石穿的原理，药水渗入肌体意味着何瑾秋不能离开医院、不能随便动，上厕所得提着吊瓶。何瑾秋闭上眼睛等待时间快快流走，因为心里惦记着一直没接电话的妈妈，整个人变得焦虑起来。

护工进来换13床的被单，很快，何瑾秋就听到老杨一家人进来了。护工侧着身体从他们身边挤过去。然后，老杨跟着推手术车的男护工将车引到靠近床的过道上，几个人一起将妇人抬到床上。她的鼻子上着氧，护士进来又给她打了吊针。何瑾秋睁开眼睛看着护士娴熟地操作完，抬着小托盘离开，侧头看了看自己的手，所有人的留置针都是打在手腕那儿，只有自己的打在大血管下去一点，那个小护士真是怎么方便怎么来。

老杨的女婿从楼下买来晚餐，他们坐下来，热火朝天地吃起来。老杨的女儿用舌头舔着烤肉串上的孜然，咧开嘴咗咗地龇牙，脸涨得通红，还将剩下的半截肉串往小伙子嘴里送。老杨走过来，关掉屋顶中央的灯，为的是不让灯光刺到何瑾秋的眼睛。

何瑾秋看一眼缓慢得让她焦虑的点滴，将头扭向墙那一面，脑子里乱糟糟的，想着如果爸爸没有离开妈妈，他们现在是什么样子？他们一家人是不是也会这样，依偎在病房里？在一个很远的城市里，在那个她生长的城市里，他们俩一起度过冬天特别阴冷的日子。两个人一起去买菜，一个走前一个走后，出门或者进门都不用说话，整天没有一句话能说到一起的日子，也是无法想象的。

离婚后的爸爸找了个小自己十多岁的女人，女人像是多了份工作，她的任务就是每天陪着何瑾秋的爸爸开车、说话，爸爸带着他们乡下的一家人到处玩。爸爸的退休工资没有过万，但对于他们一家人来说已经是富翁了。爸爸说，他们每个人都很不容易，没有经济来源。何瑾秋挺心酸的，他怎么不想想自己的女儿也不容易。他没有给自己留一点经济上的后路，也许他还没有想到生老病死这件事，这也是他跟妈妈三观不合的表现之一。

有一年，何瑾秋回家，坐上她爸爸的车。他的车像是一辆公务车，后排座安装了看平板视频的架子，灰色的装瓜子、糖果一类的干垃圾挂桶，矿泉水、湿纸巾随手可拿。车子的后备厢里还有一张绿色的收缩躺椅，一张简易小木桌，以至于她的行李箱都放不进去。很显然，他开着车随走随停，服务于那个女人的家人，让他们吃好、喝好、享用好。当时，何瑾秋的心里就涌出一股酸酸的感觉，他与妈妈几十年的夫妻生活中，妈妈的家人从来没有享受过这样的待遇不说，他还总是横鼻子竖眼睛地对待她的家人。而这个游手好闲的女人，每月除了从爸爸手里拿走三千元钱，生活中所有的费用他都得出，还得负责他们一家人的吃喝玩乐。

爸爸乐此不疲地服务于他们，去他们家时还到地里面挖土、撒种子，那个女人还拍了照片发给何瑾秋。何瑾秋不知道她发这样的照片是想说明什么。总之，当何瑾秋点开照片看到自己的爸爸在地里挖土，他满面笑容地冲着手机镜头，他的身后是几棵叶子落尽的杂树时，何瑾秋的眼泪就流了出来。尽管何瑾秋知道爸爸成了名副其实的扶贫队员，他们一家人像一堆寄生物那样吸附在他的身体上，让何瑾秋无比心痛，但那又能怎样呢？他似乎还乐在其中。

之前，何瑾秋从来没有想过，他难道真的很愿意过那样一种除了付出还是付出的生活？可是此时，在老杨一家人随遇而安的热闹里，何瑾秋第一次想到了爸爸往后余生的处境。也许他这么做，就是为了将来有一天有个人会照顾他。和妈妈离婚后不久，他就患上了糖尿病，一百六十斤的人陡然间缩成一个只有一百二十斤的瘦小老头。

12

老杨他们吃完了晚餐，女婿收拾完垃圾，他们坐下来玩手机。老杨站在床头边，他们全神贯注地玩着。昨天来看14床的那个女的，跟他们讨论着玩手机麻将的事，那个女孩更是来了兴趣，一张脸笑得通红，说老杨每次都输钱。她们叽叽喳喳地说了一阵。

何瑾秋只知道打游戏，从来不知道打麻将这个软件。

大概从何瑾秋记事起，他们家人在那个打麻将盛行的年代就不打麻将。何瑾秋的姥姥非常反感打麻将的人，按姥姥的话就是，人一坐上牌桌，就六亲不认了。所以何瑾秋娘家这支队伍都不会打麻将，也就成了麻将绝缘体。在一个麻将无处不在的城市，不打麻将就等于与社会脱离了关系。何瑾秋小的时候跟着妈妈下乡，沿途会看见坐在田地里打麻将的人群。他们在田边地角摆张桌子，随时可以打麻将。甚至在天气热的时候，他们还在河边放张桌子打麻将，留给外地开车路过的人一道不解的风景。因红白喜事等凡是热闹的事聚在一起，不打麻将，人就无趣无聊得很。

他们认真地玩着手机麻将，女孩有时候将身体歪过来，往小伙子手机上看，小伙子不让她看，将手机举起来或者藏在身后。病房里安静得如同无人，何瑾秋偶尔看一下吊瓶，时间在点滴上一滴一滴让人毫无觉察地流逝。老杨也会偶尔回头看一眼妇人，她显得很安静。何瑾秋的眼皮渐渐耷拉下来，所有的声音跟想法渐渐退去。

外面下雨了，滴滴答答的雨声涌进何瑾秋的耳朵。风带着雨水吹进窗来，病房里的空气一点点被滤得清透，她动动身体让自己躺得舒适一些。女孩的笑声像是一些碎石子那样，抛到何瑾秋的耳朵里，伴她渐渐入睡。短短的时间里，何瑾秋做了个梦。她梦见小时候的自己骑在爸爸的肩膀上，他飞快地跑着，她的笑声也变成碎石子，沙沙地打落下来，妈妈长发过膝，从开满小花的草地上朝他们走来……

门被撞出了声音，“砰！”护工推过来的手术车又发出“砰”的一声，屋子里进来很多人，响起七手八脚忙着的声音。何瑾秋被吵醒了，听到护士问：“氧气管什么时候掉的？”老杨一边帮着将妇人往手术车上抬，一边说真不知道什么时候掉的。护士说：“是病人自己拔的吧？”老杨说：“我们一直坐着，倒是听到她哼了一声。我转头去看她，没有发现什么不对，所以就没有管她。”

何瑾秋一动不动，认真地听着屋内发生的一切，确认不是在做梦时，脑子里想着昨天妇人也是自己拔了氧气管。她为什么总是拔氧气管？这一次，也许她不是故意的，也许是她睡着了不小心抓下来的，老杨他们玩得太投入了。没有人知道她心里想什么，也没有人知道她身体经历的痛苦，她到底是希望死去，还是继续这样活着？医生说：“瞳孔放大了，脉搏很弱。”老杨说：“医生，你救救她。”医生说：“赶紧送 ICU。”

一团乱麻似的声音退去后，何瑾秋又重新听到雨打在窗玻璃上滴滴答答的声音，看到树叶投下的影子在灯光里摇曳。

13

天刚亮，护士就到床边拿起何瑾秋的手扎针查血糖。何瑾秋说：“你们一天扎我三针，跟你们说过很多次了，我的血糖从来都很正常。”护士不说话，只管扎，然后转身而去。不一会儿，量血压的护士进来了。何瑾秋又说：“我的血压真的不用反复量。”一个护士进来，将吊瓶上的点滴调快了一点点。何瑾秋朝还剩下半瓶的液体看了一眼。昨天来让她签了几次字的医生过来说：“准备一下，你八点半做手术。”

这个瘦小的、说话带点地方口音的男医生，个子并不高，背却有点驼。昨天，他问何瑾秋抽烟、喝酒不？她说，偶尔抽烟。他回办公室后，不久返回来，拿了另外的单子让她签字。他也不主动让她看签字内容，直接翻到签字页让她签字。签完字，何瑾秋就后悔了。干吗要那么老实说抽烟，让医生做文章？如果有个三长两短，都会成为医院脱掉干系的证据。

穿着蓝色服装的男护工站在门口敲了两下门，他让何瑾秋坐到手术车上。何瑾秋说："幸好是轮椅车。"他笑起来说："是的，幸好。"何瑾秋说："我能不能自己走着去？"他说："不能，你挂着吊瓶怎么走？"他将轮椅朝前翘了一下，放平，然后站在那儿又说："几天前，有个女的手术出来觉得没事，她坚持要自己走，结果她走进洗手间就发生血崩，大出血，没来得及抢救，人就没了。"何瑾秋没有说话，坐到手术轮椅上。男护工从她手里接过吊瓶挂到吊杆上，问她家里陪护的人呢？

何瑾秋赶紧给昨天联系好的陪护打电话，陪护说她已经到楼下了。何瑾秋叫她不要上来了，这边立马下去了。女护工在电梯口迎着他们，她眼力真好，何瑾秋都没认出她来。她们只是在昨天见过一面，她站在病房门口，简单地说了几句话，说她还有别的病人要见，就匆匆走了。

手术室在影像楼。影像楼在另外一个区域，阳光直射过来，照得人睁不开眼睛。梧桐树叶飘下来，挡住日光的树荫下来来往往的人，坐在轮椅上挂着吊瓶面色发青、手脚颤抖蜷缩的人一个个被推着从眼前滑过。男护工推着何瑾秋走过长长的人行道，又乘手术专用电梯来到六楼。男护工娴熟地推开造影手术室的门，出现在眼前的是一个干净整洁的通道，略微带一些蓝色，让人一下子感觉到沉静安宁。穿绿色手术服的男医生穿梭在通道里做术前准备。何瑾秋脑子里突然冒出"屠宰场"这三个字，她赶紧转换视线，看到与手术室对着的房间，是主治医生的控制室，主治医生可以通过视频看到手术的全过程。

送何瑾秋进来的男护工将她安排在过道的长凳上休息，请来的女护工站在门外，她的存在就是为了出现万一时，她可以假冒成何瑾秋的家人签字。何瑾秋知道自己不会有事，所以她只是一个装饰性的存在。当医生喊11床家属时，女护工可以立即应声而出。长凳上坐着另一个挂着吊瓶等待手术的老头。男护工推着轮椅走了，他继续去接下一个准备手术的人。等他返回来时，正常情况下，何瑾秋应该已经完成手术，他正好又可以将她送回病房。

医生问，家属呢？何瑾秋说，在门外。这时门开了，走进来一个干净且高大健壮的医生，在门边鞋柜前换了鞋。迎面而来的人叫万医生。万医生从她跟前走过，进了更衣室，也注意到了她。只是匆匆一瞥，何瑾秋就在心里想，如果他是她的医生，会让人非常心安。他的长相让人觉得他是一个极度聪明，甚至让人认为，他是个一丝不苟的人。

主治医生在控制室里说话的声音传了出来，穿绿色手术服的医生圆头圆脑的，皮肤偏黑，戴着手套，叫了何瑾秋的名字。何瑾秋走进手术室，按照他的指示躺到床上。她首先看到了脚那个部位，盐水杆上已经准备好了四五个吊瓶，她猜想那是为了发生意外时有备无患。在何瑾秋的左侧有一台电脑，可以看到那根导管进入她心脏的全过程，它吱吱地响了两声。

穿绿色手术服、圆头圆脑的医生让何瑾秋害怕，他是那个让她产生“屠宰场”想法的医生。她努力使自己镇静，心里还是不断地哆嗦着听从圆头圆脑医生的指令。他对何瑾秋进行无菌消毒程序处理，她被罩在蓝色的一次性消毒布下面。这时，万医生走进来了，他穿着浅蓝色的手术服坐到手术床边，她心里踏实了。圆头圆脑的医生将她的整只右手都做了消毒处理。

何瑾秋被消毒布隔开了，万医生调试好仪器，然后迅速切开了她手上的动脉血管。他轻声细语地说了句“非常准确”。接着，她就感受到一个球状的东西穿过手臂上的血管,进入到自己的心脏。

何瑾秋知道可以通过屏幕看到身体里重要的血管分布，甚至看到血脉的流动，然而她还是选择紧闭双眼。看到自己鲜活的血液流动，是不是一件非常恐怖的事情呢？她一动不动，始终紧闭双眼，直到听到控制室那边发出一声撤回令，那个球以迅雷不及掩耳之势，从她手腕上的缺口退了出来。医生说，结束了。他的声音非常干净，就像他的外表一样没有杂质。

他们揭开那个消毒布，何瑾秋问不用搭支架吗？他笑着说："不用，血管淤堵才需要搭。"他的眼睛闪亮，牙齿雪白。他起身出去了，何瑾秋的眼睛落在圆头圆脑的穿绿色手术服的医生身上，他正在使用止血板。包扎完她的手腕后，他起身告诉她这只手要一直抬着，不能放下来，让血流回冲，医生给松绑后才能放下来，两周内不能用力提重物。何瑾秋俨然一个重症病人那样心领神会地点头。下床时，她看了一眼"预备营"一样挂着的那些吊瓶，舒了一口长气，一切顺利。

何瑾秋手上的吊瓶还在一点一点地滴，圆头圆脑的医生一只手帮她提着吊瓶，一起从手术室里走出来。他将吊瓶挂在过道的盐水架上，何瑾秋在长凳上坐下来。之前的那个老头还坐在那儿，他的一只手也跟何瑾秋一样得举着，他是另外一个医生的手术病人。老头对医生说，你看我的手发紫发乌了。穿绿衣服的医生走过去抬起他的手说,你得抬高一点,你的手术医生没有跟你说吗?那个老头按照他说的做了。

何瑾秋朝过道的门看了一眼,没看见她请的那个女护工。其实请她跟不请她一个样,她没有起任何作用。何瑾秋听见主治医生在控制室里喊,下一个!

男护工推开过道的门说:"下一个还没来,手术专用电梯坏了。"主治医生从房间里走出来,骂骂咧咧地在何瑾秋面前走了两圈。他们都穿着专用拖鞋。他说:"电梯坏了,这不是扯淡吗?"万医生也出来了,他看了何瑾秋一眼。何瑾秋感觉眼前发黑,叫了一声,就感到仿佛坠入了一个黑洞,身体软绵绵地往下坠。有人在过道里跑,一个声音说,不行了,已经翻白眼了。另一个声音在黑暗的下坠之中浮出来,像一道白色的光划开一条口子。那个声音说,不要闭眼睛,坚持住。何瑾秋像抓住了什么,努力向上浮动,不让身体坠落。

何瑾秋在心脏的猛烈撞击中醒来,她感觉整个下颌部分堆满了呕吐物,知道自己在无知觉时吐了。医生们围在何瑾秋身边，将几张纸巾垫到何瑾秋的脖子下面，隔开了那些呕吐物。何瑾秋看到了他的眼睛，明亮地在镜片后面闪，他像是微微笑了一下。她闭上眼睛，感受到穿越千年的约定那样，冥冥中的那个声音一定是他发出来的，像一个一片树叶那样在激流中被物体挡住漂流、涌动的动作。明亮清澈的声音，萦绕在那个黑暗的时刻，何瑾秋居然被唤醒了。

穿绿色手术服、圆头圆脑的医生早在何瑾秋昏迷时松开了绑扎的伤口。现在，何瑾秋的手在他的手里，他一直举着，先前那种肿胀、发麻、疼痛的感觉消失了。何瑾秋说："手不用扎了？"他说："不用扎那么紧了，你就这么举着。"别的医生见何瑾秋体征平稳，就撤走了心脏监测仪。主治医生又走过来说："感觉好点没有？"何瑾秋点头时，又看到了那双穿越千年的眼睛和淡淡的笑意，万医生站在主治医生旁边。主治医生说："太危险了，幸好电梯坏了，不然你离开这里几分钟就没命了，抢救也来不及，就是几分钟的事。"

何瑾秋苍白着脸，有气无力地问："怎么会这样？"医生说："迷走神经反射，现在没事了。"

14

脱离危险的何瑾秋被推进手术专用电梯时，工人一边修着电梯，一边将他们送达要去的楼层。然后，他们沿着阳光四射的道路，走过那些树荫和人流。阳光一如既往地灿烂，人流一如既往地如梦如幻、行色匆忙，树叶凋零、随风而逝，一切如故。

病房里没有人。13床空空的，被子整理得很整齐，过道上的躺椅也不见了。14床又来了新的病人，他们只是将东西放在床上，却不见人。何瑾秋被推进病房，这会儿，她连上床的办法都没有了。情急之下，她看见那个护工竟神不知鬼不觉地站到了门口。护工扶何瑾秋上床时，何瑾秋看到13床的热水瓶放在她的床头柜边上，她的心动了一下——老杨将热水瓶留给了何瑾秋。

他们是出院了，还是妇人已经走了？想到这，何瑾秋的心怦怦地跳起来。护工为何瑾秋盖上被子时，护士就进来了。何瑾秋跟护工说要喝水，护工顺手递给何瑾秋一瓶矿泉水。这水是何瑾秋之前买好了，放在床头柜里的。老杨说过，手术后不能喝凉水，所以他将热水瓶留给了何瑾秋。何瑾秋摇头，告诉护工要喝热水。护工站在那没有动，像是没有听到何瑾秋的话。

何瑾秋说："我要喝水。"护工说："你要给我钱去买尿盆，你已经不能自由下床了。"何瑾秋这才意识到自己的双手不能动，并且还牵扯着一台机子，就算可以提着吊瓶去洗手间，也不能将机子一起抱着去。何瑾秋说："怎么办？"她说："护理这种情况的病人要额外加钱。"何瑾秋问护工加多少？护工说一天五百块。何瑾秋吃了一惊，转念一想，还能有什么办法呢？总不至于尿到床上吧。何瑾秋说："好的，你先拿热水瓶去打点开水。"护工弯腰提起壶，摇晃了一下，问何瑾秋，是这个？何瑾秋点头说，是。护工走出去又折回来说："你什么时候给我钱？"何瑾秋哭笑不得地看看自己的双手，说："等我右手可以动了，就付你钱。"护工很快打来开水，然后下楼去买尿盆。

12床也来了新病人，是一个满头白发的老人，她的老伴也是满头白发，他们颤颤巍巍地走进来，连说话的声音都是颤抖的，看上去快九十岁了。何瑾秋闭上眼睛想哭，我好好的，怎么就成了现在这副模样？谁知道做个检查就成了病人。护工回来，将尿盆放在床下。何瑾秋眼泪止不住地往外流，想着一个人得有多难堪，才要躺在床上往尿盆里尿尿啊？还得大口猛劲地喝水，不然肾脏又会遭到攻击。突然间，何瑾秋觉得自己太像妈妈了。平时被她夸大的对妈妈的排斥和怨恨的念头、对疾病的恐惧，统统都藏在何瑾秋的骨子里，乃至于肌肤里。实际上，自己就是另外一个妈妈啊！多疑敏感，执着坚定。

何瑾秋的电话响了，她示意要接电话。护工一脸不耐烦地接通电话，将电话放在何瑾秋的耳朵边。电话是公司设计部打来的，说何瑾秋提交的设计方案，还需要有个补充说明，"主管经理已经发话，你人不在公司，但是今天必须重新上传，你自己想办法。"何瑾秋还没来得及回话，那边就挂了电话。何瑾秋又叫护工拨过去。何瑾秋说："听我解释一下。"那边说："不要解释，你明白的，公司正在裁员。”电话挂断，护工看了她一眼，收起电话放到枕头下面。

一个微胖的实习医生不停地过来给何瑾秋量血压。他说，你的血压太低了。他每次说话，何瑾秋都不理他。她坚持相信，他也许连量血压都很蹩脚。护工问何瑾秋要不要吃饭，她去楼下买上来。心急如焚的何瑾秋想到要张大嘴巴让一个陌生人一口一口地往自己嘴里喂食，心里就涌过一阵难堪以及对自己的愤怒。让护工一次次打理尿盆，真的是出于无奈，一顿饭不吃却饿不死人。

护工自己下楼吃饭去了，12床的老头坐在过道的凳子上看书。电话响起来了，老头接电话时朝何瑾秋这边看了一眼说，住下来了，你们不用过来，等做完检查再说，你妈挺好的，每个月都要做例行的检查，你们就不用操心了。然后他说，挂了，说多了影响别的病人。

15

天还没亮，外面下起雪来。

何瑾秋收拾东西，背上她的单肩包走到电梯间，无论如何她必须离开医院。她站在电梯口，感觉天骤然完全地进入了冬天。何瑾秋瑟瑟发抖时，电梯来了，从里面冲出来一股人流。她又看到了那双穿过千年的眼睛，他们的眼睛交汇在一点上，又如潮水那样一涌而过。

电梯上去了，一层一层地上去，何瑾秋站在那儿心慌意乱。万医生走过来，走到何瑾秋的身边，与她擦肩而过。他又来了，穿过时间，走到她身边，递给她一件棉外套，他们四目相对。电梯来了，何瑾秋挤进电梯朝他看去，他站在那儿被涌动的人群淹没，电梯迅速下降。

走出大门，冰封的大地一片雪白。这是北京的第一场雪，飘飘扬扬地洒下来。何瑾秋裹紧他的衣服，对自己说不要闭眼睛，不要闭眼睛。他将衣服搭在何瑾秋身上时说，出院了？何瑾秋点点头。他说，有时间就把衣服送回来。

风挟着雪席卷而来，何瑾秋裹紧身上的衣服，走进了风雪之中。

夜饭花

王啸峰

吴玉莹用手指弹两下白炽灯，钨丝抖动几下，亮了不少。她检查了一下刚才的线脚，稍稍有点歪。拆掉皮手套腕部的一行黑丝线后，她把针在头发上篦篦，扎进细嫩的羊皮里。试了几针，她放下针线，搬了个小圆凳，摆到八仙桌上，爬坐上去。白炽灯像个小火炉，她时不时地用手绢擦额头的汗。羊皮手套只外发给心细针密的织工。美国很远很远，要颠簸、挤压不知道多少回。她每次回针前，都往空中多拉一把。

远处传来汽笛声。她挥手的一瞬间，顿住了。去美国的手套应该坐飞机，回家的人则坐船。国建到哪里了呢？信上说要两天一夜。应该还有一小半路了。她透过老花镜框上沿空隙，望了望天井上方的夜空。鸣汽笛的船在往南走，南面她最想去的地方是杭州。据说到灵隐寺许愿，都能如愿。不过一次只能许一个愿，多了会难为菩萨。针扎进左手拇指了，她用嘴吸住手指。今天的日历纸晚饭时已经被她撕了。明天吃晚饭时，国建就该到了。她心跳快起来，一行针脚又歪了。

信就在竹匾里，她拿起来又读了一遍。这些话都背得出了，她感觉自己读出声音，墙壁上有回声传到耳朵里。仔细一听，像吴梅莹的声音。姐姐不识字，她微微一笑。她出嫁时，识字这一条被书香世家看中。

今天上午，吴梅莹来了，挎着的竹篮里放了几根玉米、一小袋花生和一块五香豆腐干。她留姐姐吃饭，吴梅莹坚持要走，她一路送出去两个街口才返回。

“国建回来了。”

“国英也快了。”

“谁叫我不识字呢！”

吴玉莹向来不还嘴，这次却直说了：“也不是我识字才能把国建弄回来的。”

在十字路口等红灯时，吴梅莹问她：“礼物准备好了吗？”

“什么礼物？”其实，她心里是清楚的。

她做不下去了，爬下小圆凳，进东厢房开五斗橱。

先摸到硬邦邦的衣服，她手没停，往里伸，直到触摸到柔软丝滑的料子，才歇口气。她捧出来两件东西，一段料子和一个黑漆木盒子。

“阿婆，你拿什么东西？”蚊帐里传出男孩的声音。

吴玉莹手一抖，随即压低声音：“还不睡觉？”

“热！”

她钻进蚊帐，手拿蒲扇，一边拍孩子，一边说：“睡吧，小群，明天是个好日子。”

一阵阵微风吹拂过来，小群眼里闪过一片星空般的蓝。蓝色的梦，一般都是好梦吧！她慢慢地从凉席上撤身，将蚊帐塞进席子下。

白炽灯下，她展开料子，绿底碎紫花缎子发出一股浓浓的樟脑味。她记得祥泰绸缎庄老板娘定期更换料子里的樟脑丸，可保五十年不遭虫蛀。她举着料子，一寸一寸地在灯下移动，果然三十多年过去了，没有蛀洞。老板娘还说，量尺寸做旗袍，她亲自开料。说这话时，她举了举金柄裁衣剪刀。一道光从刀刃闪到柄上，金光刺激了吴玉莹的眼睛。绿绸缎用黄纸包裹，纸捻线拦腰一扎。多年后，传闻老板娘用金柄剪刀剪开了自己的喉咙，吴玉莹慌乱地把绿绸缎找出来，扒下纸和线，撕碎扯断。绿绸缎她不舍得，被留了下来。它躺在五斗橱最深最暗的角落，每年黄梅天才被翻出来晒一次、看一次。她拿起竹匾里的尺，一尺一尺地量。她感觉它老了，在缩水，数字不会撒谎。幅宽四尺二寸，长七尺八寸。她摸摸自己的脸，那时候也跟绸缎一样的滑。顶真起来，眼睛变成挑刺工具，寻找着褪色、变色和蛀洞等。她仔细地找，祥泰绸缎庄老板娘的笑脸隐在光晕里。她额头渗出汗来。终于，她找到一块色斑，几乎是蒙在白炽灯上才发现的，淡淡的一点红，在绿与紫的接缝间。她松开手,料子和尺落到竹匾里,老板娘的笑脸消失了。

她打开黑漆木盒子,上层铺满了杂色小珠子。她记得,下轿进这个家门时,胸前就是戴了这些彩色玻璃珠子串成的三串项链。吴梅莹对她说,夫家新玻璃厂刚开业,除了烧制酒瓶、酱油瓶、花瓶外,还做灯泡、小珠子,小珠子染成各种颜色。第二层,有三格,分别放了一块白玉、一块翡翠、一片金锁。她的手指在三样饰品间徘徊。三十多年前,她都戴过的。她最喜欢的是雕成葫芦状的翡翠,碧绿通透。金锁是婆婆给她的,锁是空心的,里面有个滚珠,走路时会发出响声。突然,她抓起了白玉,那是一小段被雕成竹子的玉。

小群睡安稳了。她关拢盒子后,用一根红丝线将彩色珠子与白玉穿在一起。套进脖子试试,取下。想想,加了几颗稍大的红珠。

她不再去想白玉,就像白玉从来不曾存在那样。黑色皮手套起到了转移注意力的作用,她加快了穿针引线的速度。她总有个疑问,为什么有了缝纫机,外国人还是喜欢手工手套?价钱还高。合作社里踩缝纫机的女工,脚踩踏板，手送料子，直行、转弯、掉头，没有脱一针、多一针的。她的技术无论如何是赶不上缝纫机女工的。

半夜，温度降下来。她收拾好东西，走到天井里锁门，上门闩。一转头，石臼四周的夜饭花开足了，月光下，昂首开着紫花。

最漫长的一个白天即将到来。关窗时，她的手抖得厉害。一滴雨打在她的手背上，她暗暗叫声不好。浓云正渐渐锁住月亮。还好还好，水路没事。她这么想着，扇着蒲扇，扇子不时碰到身体。她看了一眼小群，想起一件事。

客堂的白炽灯重新被拉亮。她戴上老花镜，查看贴在墙壁上的《公用券、备用券使用须知》。烟是三号公用券，酒是五号公用券，猪肋条是三十三号备用券，什锦糖是六十五号备用券。她的字一笔一画，粗细相同，甚至长短都差不多。包装纸滑，铅笔字难写，一横，她描了好几次。

梦里，她听见发大水的声音，轰隆隆的，所有船都在浪里沉浮，一会儿比塔顶还高，一会儿比井底还低，她心神不宁。醒来，她撩起窗帘，屋檐湿漉漉的。她走到天井里，发现夜饭花朵收起，叶片上滚满水珠。打开门，一阵风吹进来，她闻到遥远的湖面的水腥味。

小群吃泡饭时问她："一篮子好吃的啊？"

她掀开面上的青花布，显出叠放整齐的羊皮手套。

"我也要去！"

"吃干净，才能去。"

走出去一百步，她想起碗橱里只剩下最后两个鸡蛋了。摸摸口袋，除了票证和钱之外，粮票多带了几张，都是全国粮票。

她搀着小群的手，拐进下塘街。果然，河水都快漫出河床了。一只小船被冲到驳岸上，几个小孩用力抓住船帮着拖拽。

"你怎么不吃白焐蛋？"

她笑笑："我胃不好，吃了不消化。"

"等我长大了，买好多鸡给你吃！"

她做出惊诧的样子："那要换掉多少全国粮票啊！"

小群用手指向远方，长长地画一条弧线，终点是篮子：

"我去外面挣好多好多全国粮票。"

她攥紧孩子的手："不要再离开！"

街边一只煤炉刚生着，浓烟呛着了她和小群，眼泪鼻涕流了一大把。

外发加工点门还没开，门口已经有好几个织工阿姨拎着篮子、布袋等着了。吴玉莹跟她们打了招呼，静静地排在队伍最后。她们正拿出赭色猪皮手套比做工，她不敢拿出羊皮手套来。

钥匙的碰撞声传来，阿姨们迅速收起手套，有的还用袖管在手套上迅速擦几下。

韩雪英从弄堂里转出来，脸色铁青，看都没看门口那些人，开锁推门的劲很大。吴玉莹暗自担心，悄悄地，往后缩了几个位置。她从怀里摸出一粒糖，塞给小群。

"做了这么长时间了，连'筋'都不会挑？"

排第一个的阿姨矮了身子，急忙坐到长板凳上开始返工。

"看看这针脚，你的手指比萝卜还粗吗？"

“你斜视啊？这条缝快歪到阳澄湖了！”

“这么松，还没到顾客手里，全都散架了！”

不到十分钟，长凳上坐满了返工的阿姨。吴玉莹看到一道阳光出现在阿姨们的脚边，她心里突然一松，觉得一切都很好很正常。她走到窗口，掀开青花布，小心翼翼地递上篮子。

韩雪英拿起一只手套，正面看，反面看，指缝里看，就是不说话。吴玉莹几次想问，最后还是咽下了话。

后面排队的阿姨们发出抱怨声。吴玉莹对用脚踢墙的小群说：“别乱动，快了，马上就好。”她以目光询问韩雪英时，韩雪英避开了。

“全部返工！”韩雪英把篮子一推。

吴玉莹按住篮把，轻轻说一句：“今天，我没时间。”

韩雪英微微抬头，语速由慢到快：“再忙也没办法，飞机不等人，下班前必须交。下一个！”

吴玉莹被一个胖胖的阿姨挤到一边，正在返工的一位阿姨腾出空当给她坐。她摇摇头说：“我不知道怎么改。”

“今天时辰不对，退每个人的货。”那个阿姨压低声音说着，用引线的手遮掩口鼻。

吴玉莹牵着小群的手，走到门口。韩雪英猛地叫起来：“还有脸提书记名字？我最恨就是开后门！”

吴玉莹一怔，快速拉小群离开。

石板街潮湿，布鞋在打滑，空气中弥漫着焦臭味。

酱园店营业员扔出三号、五号公用券，收了一张六十五号备用券和七角钱。

吴玉莹拿起纸袋。小群伸出手，要到了一颗硬糖。

“‘飞马’有没有？”

营业员叼着烟，往柜台上一挥：“不要券的有。”

吴玉莹扫了一眼，摇摇头，准备要走。

“阿姨！国建要回来啦？”一个女营业员从里面转出来。

吴玉莹笑笑，点点头。

“不要藏。我同学妈妈，快卖给她！”

叼烟的营业员慢吞吞地从抽屉里拿出一条“大前门”，用指甲在当中一划，烟断成两半。女营业员抢着拎出两瓶

"洋河大曲"。

"哎！这是主任留的。"

"让他找我。阿姨，把券给我，再付一块二。"

吴玉莹想了半天，也没记起女营业员的名字。

那时候，国建既不喝酒也不抽烟。她排在长长的买肉队伍里，挎着的竹篮变得沉重。

队伍里好多人跟她打招呼："回来就好啊！"

她应承着："是啊是啊！"头却低着看小群，腰也弯了下来。

排到她时，只剩五花肉了。她左挑右选，瘦肉如一条粗红线般嵌在白雪里。

退出队伍时，迎面碰到吴梅莹。

"家里都找遍了，只有这个还像点样子。"吴梅莹在弄堂转角处递给吴玉莹一个红布小包裹。

小群抢着要看。吴梅莹搂住他："小群乖，等会儿给你吃话梅。"

吴玉莹打开包裹看了一眼，就把包裹塞回："这对银筷子是你结婚时打的，我不能要！"

“这次人家出了这么多力!”

两人推来推去。

“难看的,快收起来!”

“你留着给国英吧! 我昨晚找好东西了。”

好长一段时间,吴梅莹不说话,脸上带着惊讶。

一辆吉普车从她们身边驶过,扬起一股灰尘。吴玉莹望车子开出去很远,才收回目光。

吴梅莹挥挥手:“哎! 你还真会留。不过,既然留着了,就要一直留着!”

吴玉莹努努嘴,用力挤出笑容:“留着,不就是要派用场吗?”

“你啊!”吴梅莹叹口气,“国英的事情,你要关心。”顺势,吴梅莹又把银筷子塞进手套当中。

吴玉莹想去拿,看见家门前有人影晃动,快步走上前。

一男一女正在敲门,说是街道办的。

吴玉莹开门,请他们进去坐。

“跟我们去一趟街道。”女的说话没表情。

“能告诉我是什么事情吗?”

男的说:“书记让我们来的。”

吴玉莹把家交给姐姐,跟在街道办事员后面走到街上。太阳出来了,她脖子后面汗渍渍的。

“于国建是你儿子?”

吴玉莹点头时,用余光瞄了一眼书记。书记穿着白衬衫,脸也白净。

“柏军霞跟你儿子什么关系?”

“对象。”

书记端起搪瓷茶杯喝口水:“一起回来?”

“是的。”

“什么原因回来?”

“我儿子身体不好,病退。”

“柏军霞也是?”

吴玉莹摇摇头。

“你知道她是什么人?”

吴玉莹点头到一半,又摆起手来。国建的信,她通常细读五遍以上。她只知道柏军霞家里有背景，这也是她愁苦的事情。国建说想早点回来结婚，只有病退一条路。柏军霞答应了他。她没见过柏军霞。根据信中描述，她觉得儿子选错了路。她只把他们回来的消息告诉了姐姐。今天，似乎整条街的人都知道了。

“也好，你不知道也有好处。”书记翻出几张纸，“这份表格让于国建填好，上我这里来报到。”

吴玉莹拿着《街道办集体企业职工入职登记表》，觉得像在梦里。她额头上挂满汗珠，嘴唇干燥，呼吸也变得急促，一个不好的念头在她脑子里盘旋。

碰到她的人都向她表示祝贺，可她觉得每句话都像针一般刺进胸膛。在她看不到、听不见的地方，每个人都在用手指她，说着刻薄的话。

多么相似的情形！她想到了跑，便跑了起来。眼睛迎风流泪，止不住的眼泪像雨滴般洒落。

二十多年前，一个男人租了西厢房。他不上班，整天在房间里写写画画。她给他做两餐，他也不出来吃，说声谢谢，接过托盘端进去。他转身时，有股特殊的气息飘进她的鼻子。她时常照镜子，把头面收拾得很整洁。四目相接的时候，两人都会笑而不语。等她闻不出他身上的气息时，日子已经过了好几季。租客不出门，却准时付房租。她不免担心他的经济状况，主动提出减免租金。他说声“谢谢”，下月还是如数把钱交到她手里。她的担心更甚，夜里开始失眠。那些花草在夜里生长和盛开的声音，逃不过她的耳朵。好几次，她都听见了流星划过天幕的声音，像一团火燃烧的声音，还有轻微的爆裂声。

有一天傍晚，一辆吉普车停在家门口，两个穿军便服的年轻人走进西厢房。半小时不到，两个年轻人提了四个皮箱走出来，上车等着。他走出来，劈面问她，要不要跟他一起走，她惊得牙齿都在打战。他没急着上车，静静地站在那里等着她回答。她转过头，看见紫色的夜饭花开成一片，其中有一株白色的，夹在紫色当中，时隐时现。

她朝白色的夜饭花方向说：“我有孩子。”

他没说话，迈着缓慢的步子走出天井。

突然,她闻到了一股熟悉的气息。

西厢房的桌子上留了个牛皮纸信封,里面是一块被雕成竹子的白玉。

跑进小弄堂,她渐渐平静下来。她抚平登记表,举到亮处仔细看,还好,没沾上汗滴。举着举着,她觉得一股力量压下来,让她双臂酸软,两腿发颤。

吴梅莹看到像从水里捞出来的吴玉莹,放下抱在怀里的小群。

“刚才又来了好几个人。”

吴玉莹坐下,拿起蒲扇扇风。

“我都把他们打发走了。”吴梅莹拉过凳子,凑上前,“国英现在这个样子,你无论如何要帮帮忙。”

吴玉莹停下扇子,想起银筷子的同时,想起一篮子要返工的手套。

“哎!”她叹了口气。

吴梅莹脸上不悦:“先吃中饭吧,我烧好了。”

“啊,不是不是!怎么说呢?哎!烦人。”吴玉莹在桌上摊开一双双手套。吴梅莹帮着一起查看有瑕疵的部位。看到最后，吴梅莹也叹了口气。

她们盯着手套看，不知道从什么地方着手改。小群嚷着肚子饿，吴梅莹盛了饭菜。

土豆咸菜汤里放了麻油，香气扑鼻，小群很快吃完一碗饭。

“吴阿姨！吴阿姨在吗？”

门口传来韩雪英的声音。吴玉莹放下筷子，拿起一只手套：“我在，正在返工。下班前，肯定保证……”

韩雪英抢过手套，像欣赏刺绣一样，啧啧赞叹：“这手工，简直到了工艺品水平。梅莹姐，你看看。”

吴梅莹没理她，收拾碗筷，擦净八仙桌。

吴玉莹呆呆地站着，不知说什么好。

“哦，早上那些话，我是讲给其他人听的。她们的做工实在太差，又不服帖我。如果我连你的活都退，她们就没话讲。你很配合我，只是受委屈了。你也知道，我一直看重你，不然也不会把出口羊皮手套悄悄塞给你做。早上真是对不住啊！

本来我早就要来说明情况的，街道办通知开会，书记讲了好长时间，来晚了，来晚了！”韩雪英说着，将手中的布袋打开，看都不看，将手套全拢进袋子，扎紧口袋，放在凳子上。

吴玉莹看着袋子，一股酸劲钻进鼻孔。她用力吸几口气，想着这些手套将坐上飞机飞到离星星很近的地方，才缓过来。

“国建要回来了，真是太好了！”韩雪英显得比姐妹俩都高兴。

“是啊是啊！”这句话，吴玉莹今天回答了很多遍。

韩雪英冲着端着碗筷去厨房的吴梅莹的背影说：“国英还好吧？”

吴梅莹没搭话。吴玉莹接上话：“我还是再检查一遍手套吧！”

韩雪英说：“菊红插队的地方，比国英那里还往北两百里。火车、汽车都不通，从县城摇船过去要一整天。她去的那年得了肠胃病，三天两头拉肚子。第一年春节回来时，瘦成一把骨头。我带她看中医，吃了几服药，有点好转。

一回去，又发病了。我把草药寄过去，效果就不明显了。每次想到菊红风都吹得倒的样子，我气都喘不过来。”

吴玉莹说：“国建也一样。后来吃明矾沉淀的井水，好多了。”

“他在农场，不一样，接触的人也不同。”

吴梅莹回到客堂，抱起小群坐下：“生活上的事情，不是我最担心的。国英接触的人，让我整天担心。”

吴玉莹把手套叠得整整齐齐，重新放进韩雪英的布袋里。

“队里有个老光棍，整天盯着菊红，害得她不敢单独出门。”

“国英隔壁住了一个神婆，叫许师娘，新中国成立前在那个地方很有名。最近，她要收国英做徒弟。我接到那封信，差点昏过去。国英受了蛊惑，看上去还挺乐意。”

吴玉莹听着她们的话，胸口发闷。

“梅莹姐，听上去国英还挺不错。菊红随时都会丢性命啊！”韩雪英的眼泪说来就来。

吴玉莹递上手帕。

吴梅莹说："韩老师，你也算街道上的头面人物了。脑子里的毒比身体上的难除，你们知道国英在信里跟我怎么说？"

吴玉莹摇摇头，有点吃惊，平日里姐姐没说起过。

"许师娘算过了，做她儿媳妇后，一切都好了。"

韩雪英止住眼泪，嘴角微微往上翘了翘。

忽然间，吴玉莹想起了乘吉普车离开的房客，那时国建与小群差不多大。她眼睛定定地看着小群，内心泛起苦涩。

韩雪英盯着吴梅莹说："国建身体比菊红强多了，都办了病退。"

吴梅莹话快说出口时，瞧见妹妹对她摇头，便低头剥一粒话梅给小群。

韩雪英从兜里拿出两颗水果糖，想塞进小群手里。小群攥紧拳头，直摇头。

韩雪英只能把糖放在八仙桌角上："孩子真可怜。"

吴梅莹声音高起来："你不要瞎讲！"

“哎！我怎么啦？父母都不在，孩子当然是可怜的。”

“呸！胡说八道。不在身边和不在，天大的区别。”

“还有什么比孩子离开父母更痛苦的事？你说，难道你不想国英早点回来？”

“你来不就为菊红的事情？不要扯远了。”吴梅莹不耐烦地拍拍八仙桌。

韩雪英转头向着吴玉莹：“你姐说得对，整个街道都知道国建女朋友的事情了。我就是来托你把菊红办病退回来，不能再这样下去了，要出人命的。”

刚才两个女人说的话，吴玉莹像是没有听见，仍然呆呆地看着小群。孩子的脸上半段像父亲，浓眉大眼；下半段像母亲，薄嘴唇、尖下巴。每年春节、端午和中秋，她都会收到没有发信地址的来信。除了问候，每封信国琴都说快回来了，还附上几张五市斤的全国粮票。那些无法回复的信已经塞满一抽屉，他们只回来过一次，突然而来，匆忙而去。那天上午，她正在煤炉边忙，听到天井里小群的哭声，慌忙跑出来。他们正抱着小群拼命亲，小群恐惧地大哭。她扶住八仙桌，慢慢坐下，感觉再也走不动一步，一股气全泄了。国琴扑在她怀里哭，她却流不出一滴泪。太阳还没落山，一辆吉普车开过来，接走了他们。望着车子带着尘土远去，她抱起小群，轻轻拍着又哭起来的孩子。

"你说对不对？"韩雪英提高嗓门问。

"啊！你说什么？"吴玉莹恍惚地问。

"你就说肯不肯帮菊红吧！"

"那也要先解决国英。"吴梅莹抢着说。

吴玉莹左右看看，苦笑着说："我都不知道实际情况，哪能答应下来啊？"

"哎呀！你不要装了，我都听书记说了。去年底开始，有路子的都在陆续回来。"

"什么事，你都是巧。早上退玉莹的手套，是巧；开会听见书记聊天，是巧；菊红身体不好，也是巧。"吴梅莹不识字，却字字说到节骨眼上。

"你这是什么话？菊红身体不好，是街道上都知道的事情。当初……"

“当初,你不就是为了让宝贝儿子留在身边嘛!”

“好像你没有儿子似的,你把国英送去乡下,儿子在市里端了铁饭碗。”

吴梅莹听到“铁饭碗”三个字,跳了起来。小群吐出嘴里的话梅核,还要捡拾,被吴玉莹拉住了手。

“他干的是最苦最累的活,你们这些坐坐办公室、动动嘴的,哪有切身体会?”吴梅莹指指门外,突然发现已经围了一群人在看她们,“这条街的阴沟、排水管、石板路,全是他们清理、疏通、排好的。他身上老是有一股霉臭味,用肥皂打多少遍都没用。你儿子呢?切切卤菜熟食,刀就是一杆秤。朋友来了一大块好肉,普通顾客切肥的,还搭边角料。”

“市政是全民,熟菜店是集体。你弄弄清楚好吧!”

“什么全民、集体?老百姓就是看实惠。看你儿子又白又胖的样子,不知道吃下去了几头猪!”

“你嘴里放干净点!”韩雪英把装手套的布袋往青砖地上一扔,忽地站起来,“什么猪不猪的,你骂谁呢?”

门口传来一片笑声。

吴玉莹用身体将两人隔开："我求求你们，不要争了。如果我有办法，不要说国英、菊红，其他邻居的孩子我都愿意帮的，可我自己都不知道怎么办呢！"

韩雪英说："你有事不要憋在心里。"

吴梅莹看了一眼韩雪英，对妹妹说："家里还有好多事呢，我先回去了。晚上，我们过来。"

韩雪英抄起布袋子，以极慢的步子穿过天井。门口几个熟人跟她打招呼，她不耐烦地做手势让他们走开。

吴玉莹关上大门，见小群在揉眼睛，想起最重要的晚饭还没准备。

她用淘米水洗净青椒、苋菜和小白菜，把肥膘切成段，下锅熬。国建喜欢吃油渣白菜。最好用大白菜做，可这个天，大白菜还没上市。

闻到香味，小群起床，凑到热腾腾的油锅边。她夹几块带一丝瘦肉的油渣，放进红花小碗里，撒上一撮细盐，上下微颠。

小群端碗跑开后，她在砧板上切菜，切剩下的、可怜的一小条瘦肉。她准备做青椒豆干炒肉丝。这已是家里的顶级菜了，再高级，她也做不来了。

切着切着，刀慢了下来。她又听见天井里的落雨声。然而，她想了想，刀慢下来的原因，不是因为下雨。雨的事情，昨晚她就想通了。

她索性停下来，用围裙擦擦手，看看光线不是太好的客堂，东厢房、西厢房的门都开着，里面更暗。这么多年来，她习惯了在黑暗中摸索，白炽灯光使她不自在。如果不是小群或者赶活，夜里她不愿意开灯。灯是喧闹的，黑暗是宁静的。有时在暗夜里，她不自觉地叹口气，自己会被吓到。

街上传着很多家庭矛盾的故事，大多是婆媳关系不和。

她反复擦了好几遍手，才打开抽屉，把那块白玉从信堆里拿出来，彩色玻璃小珠子发出清脆的响声。银筷子最终还是被吴梅莹留了下来。左手白玉，右手银筷，吴玉莹掂量着，拿到窗前亮光处看，看完又掂量。最后，她打开五斗橱，摸到绸缎，取出黑漆木盒子，把两样东西全放进去。关上五斗橱门后，她想了想，上了锁，拔掉钥匙，放入衣服内兜。

切好菜，她走进西厢房，再打扫一遍卫生。家具逐渐隐入黑暗，显眼的只有两条白被单，被单被席子覆盖了主体部分，下沿就更加突出。一张床是她昨天临时搭起来的。现在，席子就像躺着的两个人，九十度角度，是她稍稍心安的位置。

八仙桌上出现了过年才端出来的玻璃果盘，她往里面倒什锦糖、话梅、花生和瓜子。突然，她发现三粒瓜子粘在手指上，手心里全是汗。她微微用手劲甩一下，一粒瓜子跳进边上的竹匾，躲藏在针线、针箍、剪刀和老花镜中，就像一个逃匿的人。她慌忙在竹匾里寻找，针扎了手，剪刀划了手。她为打捞一粒出了意外的瓜子，费了好大劲。

咚咚咚，一阵急促的敲门声，她停住找瓜子的手，呆呆地望着红色大门。小群冲出去，双手高举，刚够到司必灵锁。

门被推开,小群差点摔了个跟头。

“回来啦!他们全要回来了!”韩雪英直冲客堂,脚跟几乎没沾天井。

吴玉莹不敢相信,急着问:“谁说的?”

“书记说的,一年之内全回来,消息现在全传开了。”

吴玉莹送走韩雪英,看到街上人的脸上全是笑意。

她转身倚在大门上大口呼吸。

天井还有光亮,今天的夜饭花却全开了,紫紫的一片。一株白色的夜饭花不再躲藏,高高地钻出花丛,显得格外鲜艳挺拔。

图书在版编目（CIP）数据

2024年度储吉旺文学奖获奖作品集 / 《文学港》杂志社编 . -- 宁波 : 宁波出版社 , 2025. 4. -- ISBN 978-7-5526-5631-2

Ⅰ . I217.1

中国国家版本馆 CIP 数据核字第 2025VV1010 号

2024 年度储吉旺文学奖获奖作品集

2024 NIANDU CHUJIWANG WENXUEJIANG HUOJIANG ZUOPINJI

《文学港》杂志社　编

出版发行　宁波出版社

（宁波市甬江大道 1 号宁波书城 8 号楼　315040）

责任编辑　罗樱波

责任校对　严玲芳　陈　钰

装帧设计　金字斋

印　　刷　宁波白云印刷有限公司

开　　本　889 毫米 ×1194 毫米　1/32

印　　张　8.625

字　　数　118 千

版　　次　2025 年 4 月第 1 版

印　　次　2025 年 4 月第 1 次印刷

标准书号　ISBN 978-7-5526-5631-2

定　　价　58.00 元

电话：0574-87248279（出版社）

0574-87328764（印刷厂）